LA DONNA DEI FIORI DI CARTA

Donato Carrisi

紙花女子

多那托・卡瑞西——著 梁若瑜——譯

獻給丹妮拉・貝納柏

以下頁面將讀到的故事本身是真實的。

其他細節無可避免純屬虛構。

1

一九一二年四月十四日到十五日的那一夜，鐵達尼號在首航旅途中失事沉船之際，船上的一名乘客下樓回到自己的頭等艙客房，換上了一身黑色西裝，隨即又回到甲板上。

他不但並未努力求生，還點起一根雪茄，靜靜等待死亡降臨。

日後向船上其他生還者詢問起這名神秘男子是什麼人，絕大多數的人都表示他名叫奧圖．佛厄斯坦，是位布料商，他這趟旅行是為了做生意而獨自一人出差。

這些受訪的生還者中沒有任何人知道，事實上，奧圖．佛厄斯坦已在他德國德勒斯登市的自家住宅床上辭世。

而且那是鐵達尼號啟航兩天前的事了。

2

宛如一座巨型冰雕大教堂。

雅各．胡曼躲在戰壕泥壁後方不受強風吹颳的地方，望著眼前的這座高山。他們都是把陣亡的人埋在那裡，埋在那永世不融的積雪裡。山壁岩石太堅硬，無法鑿出墓穴來。這樣倒也有個好處：遺體在這些冰凍的墳塚裡，可以毫髮無傷安然保存上百萬年。

永保青春了，他心裡這麼想著，一面替一個他未能救回性命的大兵輕輕闔上雙眼——這個大兵大概幾歲呢？十八、十九歲吧。接著雅各．胡曼轉向一個白鐵水槽，把沾滿鮮血的雙手浸入水中。已經兩三個小時不曾再聽到槍砲聲了——這次能停火多久呢？

該死的冰霜，他暗想著。

他原本期望冷冽的天氣能讓這名傷患失血的速度變得比較慢。結果沒用。他手邊沒有藥物，僅有的幾件醫療器具也已經老舊不堪，因而未能止住失血。就算順利止血，又有什麼用呢？康復的人又會被派往前線作戰。他把他們救回來，只是讓他們繼續殺人或被殺而已——多麼好的獎勵呀！說到底，他等於也是在替死神效力。

我是世界末日之際，上帝派來搞笑的小丑，他心想。

在他四周，一切都顯得毫無道理可言了。首先，現在是春天，但放眼望去盡是一副寒冬模樣。他們把這場戰爭稱作世界大戰，但骨子裡都是同一套鬼扯。一整個世代的奧地利壯丁——國內最優秀的子弟兵——大老遠跑來，為了一個他們永遠無緣見到的未來而斷送性命。雅各．胡曼親眼見到年輕人來的時候滿腔熱血和理想，在戰壕裡待上幾星期後，紛紛成了貪生怕死又憤世嫉俗的小老頭。他也看不慣戰線另一頭的那些義大利人。他們的裝備很簡陋，對戰爭的準備很少或根本沒有，滿腦子只想實現回憶中的「義大利統一運動」，力拚統一。由於不得不和父執輩對抗，兒子這一代亟欲在歷史上為自己爭取一席之地，殊不知這場戰爭一旦落幕，遲早會再爆發新的戰爭，他們也終將被歷史所淡忘。

而他呢？他又在這裡做什麼？他越來越常這麼納悶了。

四月十四日這一天，他三十二歲。他內心很清楚，在各種矛盾之中，他自己就是最鮮明的矛盾。*我就是個矛盾*，他經常這麼想。

雅各．胡曼是個戰亂中的軍醫。

大家已經因為疲憊和痛苦而筋疲力竭，在這一片集體的失魂落魄中，雅各．胡曼期盼著有人——就算只有一人也好——能恢復一點理智，在戰壕裡挺身而出，大聲吶喊說這一切實在太荒謬了。也許這麼一來，這場魔咒就會瓦解，大家就會明白事情有多麼離譜，然後都會陸續回家和家人團圓。

雅各．胡曼並沒有正在等著和他團圓的親人。他的妻子已另結新歡，拋棄了他。她是用一封僅短短幾行字的信，告知了他。他在一週前收到，不過她八個月前就已經寫好了。這八個月來，他一直以為她仍愛著他。這八個月期間，他仍想念著他維也納家裡的床笫。想念著他放在門口旁的拖鞋。想念著他閱讀時，牆上時鐘所精湛奏出的寧靜交響樂章。因為，如果人能從戰爭中倖存下來，最大的犒賞不是大難不死，而是能夠回到自己的家。

此刻，從由義大利人所佔領的多羅米提山腰，傳來一發砲火聲，在山峰間迴盪著。雅各．胡曼從思緒中回過神來：這場短暫的休戰已宣告結束。不出幾秒，他們的陣營就將反擊，這整座戰爭機器又將緩緩開始運轉。這是些有如前戲的小規模衝突，今夜想必又無法成眠了。他曾在某處讀過一段文章說，由於軍人處在很大的壓力之下，因此軍人睡覺時並不會作夢。逃離現實的唯一辦法就是一死了之。

雅各．胡曼望著這個剛從他手中離開人世的年輕人。他並不想知道這些人的姓名，他對他們的姓名沒興趣。反正，他遲早也會忘記，就像他遲早也會忘記他們的面容和死因。

關於他們，他所珍藏的是另一種東西。

他從口袋裡掏出一本黑色小札，是一本一九一六年的行事曆，頁面破舊，沾著血跡和槍枝機油的污漬。他翻到四月十四日的這一頁，看了看懷錶，然後用鉛筆接續著既有的好幾筆紀錄繼續往下寫。

晚上八點零七分。一般大兵：「出現了。」

接著他聽出那逐漸接近的聲音，是中士的軍靴聲。他猜想中士一定是替指揮官前來召喚他。

「醫師，麻煩跟我走一趟。有事情要拜託你。」

「是嗎？這次又想叫我救誰的命？」雅各．胡曼問，一面以諷刺的目光望向那個年輕人的遺體。

中士答覆時，語氣中卻沒有半點譏諷之意：

「救一個敵人的命。」

3

接見他時，指揮官背對著他，指揮官正在剃修鬍子。他的副官站在他面前，手裡捧著一面破鏡子。這可憐的副官冷得直發抖，但他很努力保持不動，免得惹長官不高興。

指揮官用剃刀細細修著自己的山羊鬍，他沒把寒冷放在眼裡，身上只穿了件薄上衣。他派人把自己的物品放來戰壕裡的這個角落，這裡直到兩天前都還是中校的棲身之處，不過中校在一次埋伏中遭敵軍俘虜了。這裡有一張行軍床、一座小鍋爐，和一個用木板搭成的遮風蔽雨棚頂。

中士和雅各·胡曼在這座篡奪來的小皇宮門口停下腳步。沒人敢打斷指揮官整理儀容，畢竟他可是此時此刻營裡軍階最高的人。

為了怕長官因為太好面子而失溫，雅各·胡曼決定不再等待：

「長官，請問您找我嗎？」

指揮官並未轉身，且依然用剃刀修著下巴，但終於開口了：

「醫師，你知道身為軍人的最高守則是什麼嗎？」

雅各·胡曼很想不耐煩地翻白眼，但忍住了。為什麼指揮官每次下一道指令之前——哪怕只是叫人替他清尿壺——都非得要先訓誡一番呢？難道就不能有話直說嗎？人在戰爭中浪費的人生光陰還不夠多嗎？

「報告長官，不知道。我不知道身為軍人的最高守則是什麼。」

他暗自猜想是「紀律」。

「身為軍人的最高守則是紀律。」指揮官得意地說。「而紀律首先注重自律。要不然，一個好的指揮官憑什麼帶領底下的人？就是因為這樣，我一定在自己儀容無懈可擊了之後才開始帶隊。我把自己的儀容打理好，是非常重要的一件事。我的靴子一定要刷得發亮，軍服一定要一塵不染。你知道為什麼要這樣嗎？因為呀，」他逕自繼續說，根本沒留時間讓對方答話。「要是我以目前處境艱難作為藉口，而放任自己邋邋遢遢，那就是在打擊軍中的士氣。」

「您是最佳榜樣。長官，謝謝您。」雅各．胡曼說，語氣中稍微透著一絲諷刺。

指揮官從鏡子中看著他，口氣變得很嚴肅。「兩天前，敵軍給了我們一記教訓。」

這是一場奇怪的戰役。高海拔的戰線，一般通常只在春夏兩季交戰。然而，他們卻在戰壕裡度過了一整個冬天，苦苦守候，免得失掉已經攻下的戰略位置。由奧地利人所佔據的這座多羅米提山頭，義大利人很想攻下，因此奧地利人在作戰時，本身具有地利優勢。沒想到敵軍並未等到換季就先採取行動了。四月十二日，趁著一場暴風雪大作的時候，義大利人無預警發動猛烈攻擊，反觀他們奧軍卻毫無準備。敵軍鬥志驚人，成千上萬的人前仆後繼想突破戰線。

「我們在前線的戰力損失慘重。」指揮官又說，彷彿還有必要他多說這一句似的。「我們只剩下這個地利位置了。奧地利的最後一道防線就是孚莫山❶這裡了。」

從指揮官的語氣便能夠感覺得出來，話就快說到重點了。雅各．胡曼即將知道自己為什麼被找來了，也即將明白中士所指的是什麼意思——為什麼說要救敵人的命。

他始料未及的是，不出多久，他的人生就將發生巨變。

❶孚莫Fumo，在義大利文有煙霧或抽菸之意。

4

命運決定要改變我們人生的走向時，它並不會事先通知我們——雅各．胡曼日後經常這麼想著。

造化並不會給人太多提示。

它不會事先通知，或者說——對於需要一點神秘感的人而言——它並不會給什麼徵兆。事情直接就發生了，如此而已。而事情發生時，儼然成了一種轉折。人的整個後半輩子，都將不得不有一個分水嶺：事情發生的之前和之後。

日後雅各．胡曼再回想起此時的處境，想起此時的自己再過幾分鐘就將遇上改變一生的大事，他將覺得這是一種福氣——就像人在看待孩童的天真爛漫那樣。但在這之中也帶著懷念，因為幸與不幸的差別在於，幸福的事情只會發生一次，之後剩下的就只有感慨了。

指揮官放下了剃刀，用一條麻質毛巾擦拭自己的臉。副官一面幫忙他穿上外衣，他一面說明：

「夜裡，我們在南側的山腰上，攔截到一支山區探路的先遣小隊。敵我雙方短暫交火，但我們最終俘虜了他們。他們一共有五人。」

「恭喜呀，長官。」雅各．胡曼一面恭維，一面納悶著這件事和自己有什麼關聯。「過程中有人受傷嗎？您是希望把他們送去俘虜營之前，我先檢查一下他們的狀況嗎？」

「都不是。我們要給義大利人一個下馬威，也要提振我們自己人的士氣。明天等天一亮，就會把這些俘虜依間諜罪通通槍斃。」

雅各．胡曼感到一陣暈眩反胃。

「您是希望我確認他們健康無虞，好讓他們能靠自己的雙腿走到處決樁前？」他一面問，一面努力壓抑自己的不齒。

「他們健康狀況都很良好。」

那麼指揮官找他來，到底想幹嘛呢？

「我們懷疑這五人之中有一人是軍官：其他人似乎都是聽從他的指令。但我們無法確定，因為他的軍服上沒有標示軍階。」

「我不明白，莫非您希望我逼他提供情報？」

「他脾氣很硬，一定不肯就範。」

雅各．胡曼相信指揮官一定努力試了很久都沒成功。

「不然您有什麼打算呢？」

「我們可以利用他來交換我們被義大利人俘虜的一名軍官。」

「我想您指的是中校吧。」

雅各．胡曼完全明白了指揮官的如意算盤：假如能救回中校，中校必然會感激他，他說不定還能因此升官。

「您和那個義大利軍官交涉過了嗎？」

「當然有！但那個笨蛋很固執，他堅稱自己只是普通大兵。他想當大英雄，陪手下的人一起被槍斃。我們一定要想辦法說服他供出自己的身分。」他短暫停頓後又說，而且一雙奸詐的小眼睛直盯著雅各．胡曼。

雅各．胡曼終於弄懂了：指揮官所提出的這個構想，他也能從中獲益。

指揮官把鼻頭朝他的臉湊過來，免得被中士聽到。

「對於一個戴綠帽而顏面盡失的男人來說，能夠帶著一枚勳章光榮回到維也納……應該能堵住不少閒言閒語。」

指揮官口蜜腹劍的語氣和噁心的口臭，讓這番話聽起來更刺耳了。雅各．胡曼完全不動聲色，彷彿自己的尊嚴並未受到任何沾染。

「您為什麼認為我能夠勝任呢？」他只這麼問。

「我聽說你會說他的語言。沒錯吧？」

「為什麼偏偏要我去？」雅各．胡曼不死心又問。

指揮官一臉不屑地皺起眉頭，拉高了音量好讓其他人都能聽到：

「因為你長得不像軍人。」

5

雅各．胡曼請副官從指揮官的個人配給額度庫存中取出一盒咖啡。他相信長官並不會和他計較這件事，因為他打算用它來拉攏那個俘虜。他找來了兩個金屬小杯和一只水壺，壺裡裝滿了新鮮乾淨的雪霜。然後拿了一塊肥肉、一些黑麥麵包和幾塊硬得和石頭一樣的茴香餅乾，還有捲菸紙和一袋菸草。

雅各．胡曼之所以備妥這些珍貴寶物，是為了去找那個義大利人交涉。他還不太確定自己要說些什麼。雖然起初他之所以接下這個任務，只是為了不想被指揮官看成無能的窩囊廢，但漸漸地，他內心油然生起追求成功的欲望。不是為了求勳章，況且他早已認定，對於自己戴綠帽和矮人一截的名聲，勳章是毫無助益的。而是另有一個更重要的原因。

他想要拯救一條人命。在這一片慘重的死傷中，起碼能救回一條命也好。

我能治療傷兵，有時還能讓他痊癒，雅各．胡曼心想。*但這樣也只是在拖延他的大限而已，有時還害別人的大限加快到來。*

他從來沒有機會能讓某人免於一死。他的角色向來都是聽從上級的指示，為了一個更遠大且更可怕的目標而效力，絲毫不能違抗。他就像一條組裝生產鏈上的一個工人，從來沒能真正明白自己的功能到底是什麼。

可是這一回，他能讓事情有所改變。起碼能改變一件事情。就是這件事。

雅各．胡曼懷抱著一絲成功的希望，走向監禁了那個義大利人的山洞。他懷裡捧著自己所取得的各種物品。每走一步，金屬小杯都彼此碰撞和撞到水壺，發出叮叮咚咚的聲音。雅各．胡曼有一種奇異的飄飄然感覺。

他即將揭開那個俘虜的身分。

6

一條厚重的綠色簾幔，遮住了山洞的入口。向站崗的士兵表明了自己的身分後，雅各．胡曼便掀開簾幔，並在進入山洞後重新放下簾幔。大風在他身後颯颯地吹，吹得簾幔飄搖不已。一小盞煤油燈的燈火搖曳了一會兒，在四周投射出晃動的光影。這裡有一張桌子和兩張搖搖欲墜的椅子。有一些裝了重砲零件的木櫃。有一股潮濕和發霉麥稈的氣味。還有一片寂靜。

過了幾秒鐘，他才看到他。

那個俘虜在山洞的最裡面，整個人蜷縮在地上。他一動也不動，背靠著岩壁。憑著微弱的泛黃光暈，僅能隱約看到他雙手抱在胸前，軍靴上沾滿泥濘。其餘輪廓只能自行猜想。

雅各．胡曼所做的第一件事就是騰出雙手，把自己所帶來的禮物放在桌上。

「晚安，你好。」他以流利純正的義大利語說。

那俘虜並無回應。

「我想你一定餓了，就帶了吃的來。還帶了咖啡。其實，不瞞你說，這才是我來這裡見你的主要目的，我已經快兩年沒喝過咖啡了。」

那俘虜似乎不為所動。雅各．胡曼早已有吃閉門羹的心理準備。他坐下來，緩緩拿掉煤油燈的罩子。他把裝了雪霜的水壺放在燈上，用燈火的熱度讓雪霜融化。水沸騰了以後，他放入兩匙咖啡，充分攪拌水和咖啡粉。他把煮好的咖啡倒入兩個小杯子裡，然後端起自己的杯子，捧在雙手手心裡，在喝之前先大口盡情聞了聞那咖啡的香氣。他把另一杯咖啡推向那個俘虜。

「我的長官瞧不起我。他特別選派我來，是因為我就是外表上看起來的這個樣子：我就是個被徵召來打仗的鄉下醫生。可能因為我膽子不夠大吧，反正講了我也不會懂。誰知道。我想，依照我長官的想法——他的想法很平凡，甚至可以說很呆板——你如果遇到一個看起來不像軍人的人，可能會比較願意卸下心防。我相信這麼說一定讓你很意外，儘管我覺得這位指揮官根本俗不可耐，但我希望他的判斷是正確的。因為坦白說，我實在不想再看到這麼多人就這樣莫名死去。」

那義大利俘虜沒有反應。雅各．胡曼望著熱氣從對方的咖啡杯裡裊裊升起，對方一口都沒碰。他其實很希望能看到對方的面容，但太暗了，他連對方的呼吸聲都聽不到。

「你是什麼人？」他問，卻沒指望對方會回答。「我會這麼問你，是因為我是你最後的希望了。身為醫生，這是個職業道德的問題。我好厭倦在這裡總要當每個人的最後希望。過了我這一關，就只剩上帝了。你能體會我的責任有多重嗎？」

雅各・胡曼忽然停頓下來，因為他感覺好像瞥見一抹微笑。他並沒有實際看到，這倒是沒有。那或許是某種海市蜃樓——不是光亮的海市蜃樓，而是幽暗的海市蜃樓。是的，短瞬之間，那俘虜臉部四周的幽暗起了微妙變化。是一道細微的破口。是在敦促他繼續說下去。

「用你的姓名交換你的性命，這樣滿划算吧？說穿了，只要回答一個很簡單的問題就好。」他意圖讓自己聽起來語帶嘲諷，因為他感覺到嘲諷或許可以成為一把打開心扉的鑰匙。「你就能回到你的部隊，而我呢，我也能獲頒一枚勳章。就這麼辦吧……我並不想讓今天留下不好的回憶。我已經有太多不好的回憶了。你總不會想要死在孚莫山的山頂這裡吧。而且今天剛好是我的生日。」

「一共有三個。」

他完全沒料到對方竟然回答了，不禁大吃一驚。那俘虜開口了，他的聲音既溫暖又沉穩，從黑暗中忽然冒出來。

「你說什麼？」他很怕自己沒聽清楚。

「三個。」俘虜又說了一次。「一共有三個問題。」

「為什麼是三個？」他連忙問，宛如一個漁夫趕緊把釣線稍微放鬆一些，免得剛上鉤的魚跑掉了。

「因為要是少了另外兩個問題，你感興趣的那個問題也沒有意義了。」

「那好，這下就簡單嘍！」雅各・胡曼很興奮，雖然他還不清楚對方葫蘆裡賣什麼藥。「請讓我知道我還該問你什麼問題，我立刻問！」

「我看到你帶了菸草來。」俘虜望著擺在桌上的那袋菸草和捲菸紙說。「跟你打個商量：你替我捲一根菸，我就一五一十通通告訴你。你準備好要聽一聽我的故事了嗎？」

雅各・胡曼說不上來這其中是否有詐，但他深信這個義大利人一定別有用心。他把菸草袋打開——由於這段期間物資取得不易，菸草裡另摻了木屑——然後拿起菸紙開始捲菸。

「你必須把這個故事一路聽完才行。」俘虜說。「所以，你準備好了嗎？」

「我洗耳恭聽。但聽完之後，我能得到我要的答案嗎？」

「會的。」

「一言為定？」

「一言為定。」

雅各・胡曼起身來到義大利俘虜的身旁，把一根菸和火柴盒遞給對方。對方把東西接了過去，而兩人之間的協議，彷彿就此鄭重握手談定。義大利俘虜朝身旁的岩壁擦了根火柴，湊到自己嘴邊，並用手心小心翼翼護著這珍貴的火苗。雅各・胡曼藉著一圈黃色光暈，看到了對方局部的面容。長長的鬍子、眼睛周圍的皺紋、鷹勾鼻的輪廓——沒看到什麼別的了。

「這個故事要從一根火柴說起。火柴的一生既短暫又脆弱，和我們每個人的一生沒兩樣。」義大利俘虜一面吹熄火柴，一面娓娓道來。他的臉孔消失在一片煙霧之中。「抑鬱的心情飄向空中，在一股醇中帶苦的氣味中消散殆盡。在菸味中，回憶還能存活個幾分鐘。」

雅各．胡曼在他面前再度坐下來。

「是哪三個問題？」

「古茲曼是誰？我是誰？在鐵達尼號上抽菸的那個男子又是誰？」

7

所以，就從頭說起吧。古茲曼是誰呢？

有些人生來天賦異稟。比方說，在美國密蘇里州的諾埃爾市，有個人很擅長用鼻頭頂長棍，還能保持平衡。在俄國的窩瓦河，漁民們的孩子早在還不會說話以前，就已經學會游泳了。賈柯．瓦嘉是閃避飛刀的高手。賈柯．瓦嘉的每一任老婆都很會射飛刀。

看著這些人，實在忍不住要納悶他們的天賦都是哪兒來的。還有為什麼他們生來就有這些天賦，而我們自己卻沒有。

古茲曼有一種天賦。

抽菸。

每當我想起他，他在我腦海裡浮現的模樣總是這樣的：雙手被薰得發黃，目光炯炯有神，正在咀嚼和啃咬香氣濃郁的雪茄，這些雪茄是他用自己修長靈巧的手指精心捲製，雪茄因為沾了油而濕漉漉，殷殷尋找著火源，在他齒頰間碎碎嘟噥著，他因而看起來和蒸汽火車有幾分神似。

不然就是他正在抽鑄鐵色的菸草，菸捲得非常用心，捲菸紙細緻得像絲帛綢緞，燃燒起來又像火藥。

再不然就是他在吸著非常細的象牙色長菸——這菸猶如無形無態而雌雄莫辨的女子。我有時曾看過這種菸被他叼在唇間，彷彿搖搖欲墜卻有驚無險，即使面對星火所帶來的緩慢死亡，依然顯得清高而自傲。

但重點倒不盡然在於抽菸。而是環繞著抽菸這個舉動所發生的種種事情，才使他這個人顯得如此特別。在這個舉動之中，蘊藏著一種情懷，一種如觸電般能激起所有各種感官的悸動。因為古茲曼所抽的每一種菸背後，都各有一段故事。透過抽菸的舉動，他又重溫了這段故事，再度身歷其境，而有時候，他也會講述這段故事。

他細細品味著雜陳的五味，為此感動不已。

「是些什麼樣的故事呢？」雅各．胡曼忍不住問。

「少安勿躁，且聽我慢慢說來。」義大利俘虜說。

8

古茲曼十二歲那年，他母親決定帶著他搬到法國馬賽。母子倆是跟著他父親的腳步。他們年輕時，他曾苦苦追求了她將近十年。她對他根本不屑一顧，對他所獻的殷勤一概回絕。她不喜歡他的長相，不喜歡他的儀態舉止，也不喜歡他眼珠的顏色——這或許看似微不足道，但對某些人來說，目光的顏色是至關重要的。

因為整個後半輩子，我都將透過這雙眼睛觀看我自己呀。關愛我們之人的雙眼，儼然是我們的鏡子。

古茲曼的父親為了說服她相信他就是她的真命天子，不惜用盡了千方百計。他天天送她一朵玫瑰。他會寫很長的信給她，內容盡是對她的讚美。他會特別為了她，商請詩人撰寫詩句。但所有這些浪漫舉動，都沒能讓她改變心意。直到某天，只剩下唯一一種他還沒嘗試過的方法：就此打住。

突然有一天，天天都會送來的玫瑰沒再出現。這個星期，郵差沒送來任何信件。那些歌頌著她的詩句，頓時彷彿改而歌頌別人去了。

古茲曼的母親對這突如其來的終止大惑不解，並因此很受傷。不再受糾纏的她頓時成了這段情感的孤兒，這才赫然發現始作俑者早已成為她日常的一部分，迫使她在不知不覺中也對他產生了情愫。這下子，他眼睛的顏色一點也不重要了，這個女孩發現自己已經不能沒有他。

長久下來，有志者事竟成。到最後，她終於答應嫁給他，並和他生下一個孩子。

丈夫離家出走時──是在二月的某天，他不告而別──她向古茲曼誓言，自己一定會找到他，會把他帶回來。

她是個嬌小又倔強的女人。

他們就這麼展開了尋人之旅。他們很快就在義大利的杜林市找到了他，但他一得知妻子和兒子來到城裡，就立刻逃走了。他們在比利時的布魯塞爾再度發現他的蹤跡，但為時僅短短幾個小時而已。他們在德國的法蘭克福，只差一點就見到了他。在英國倫敦，幾乎可以說他們和他擦身而過。就這麼如此繼續，跨越了半個歐洲。

在丈夫每個匆匆拋下的住處，古茲曼的母親都發現女性遺留下的蹤跡。有一次，是一條絲巾。另一次，是一瓶用完了的香水。或衣櫃裡的一件晚禮服。又或是抱枕上的口紅唇印。

她由於無法得知這個更得丈夫歡心之女人的長相，而產生的痴狂執念，比她被拋棄的憤恨更來得強烈。

隨著時間過去，他越來越善於掩飾自己的足跡。但結果就是，古茲曼的母親也更學會了如何亦步亦趨緊追在後。就像獵人越來越熟稔自己的獵物，她如今已能洞燭機先，預知他的各種動靜。

每次他們落腳一個新的城市以後，就開始尋找住處，和展開調查。古茲曼的母親很擅長打聽情報，她已建立起一套方法。古茲曼則到一所新學校註冊，開始認識新朋友。但這種情形並不持久。頂多一兩個月，然後又會重新來過。

在尋人之旅的一開始，古茲曼才七、八歲的時候，他完全不明白發生了什麼事。他把這當成是一種遊戲。他覺得三天兩頭換房子、換朋友和換城市，是一件很棒的事。他並不覺得自己和其他孩子有什麼不同。然而，他確實有所不同。

可是，到了馬賽，一切都將不一樣了。

9

他們來到馬賽這座大城，因為根據最新消息，古茲曼的父親目前人在法國南部。一如我先前所說的，古茲曼當年十二歲。在這個奇異的年紀，人的內心有著各種神秘的衝動、說不上來的直覺，和無法獲得滿足的好奇。一般來說，這些事情需要仰賴身旁某個扮演父親角色的人來輔助。令他困惑著迷的事情，始終是同一件事——怪的是，直到不久以前，他都還以為自己根本不可能有一天竟會對這種事感興趣：女人。

他父親的情婦，也就是他母親靠著行遍歐洲而蒐集來的各式紀念品，如馬賽克般所拼湊出的那個情敵，已足以在年少的古茲曼心中形成一個可接受的答案來源。不過，除了對法式高級訂製服的時尚潮流多了一點概念之外，這些遺留下來的女性用品並沒能讓他學到什麼。

他開竅的那一天，是因為誤打誤撞發現了李夫人那座幽暗隱密的大本營。

春季的某個午後，年少的古茲曼閒來無事，在麻田街上朝舊港口的方向遊蕩。他很喜歡漫無目的地閒晃。他腦袋裡充斥著各式各樣的念頭，但就和這個年紀的很多人一樣，他拿這些念頭也沒轍。

一座座的肥皂工廠朝天空中噴吐著煙霧，煙霧又被風吹送來城裡的這個地區。空氣中瀰漫著一股濃濃的味道。看來即將變天。豔陽都還在天際的一角閃耀著，天上即下起雨來。雨滴既濕熱又大顆。古茲曼伸手一接，發現這些雨滴也黏黏的。他心想這八成是肥皂工廠排放的廢氣所導致——椰子油或棕櫚油加上鹼，和雨水溶解在一起了。街面很快就覆蓋了一層薄薄的泡沫。在馬賽，有時候就是會這樣。就在幾輛馬車在路面上打滑、幾個行人不小心摔得四腳朝天的同時，古茲曼基於年少輕狂，率性脫掉鞋子，後退了一步，正準備開始狂奔……這時忽然颳起了一陣風。是一陣燙燙的熱風。勁風把雨幔吹出了縫隙來。古茲曼當下停住腳步，看到一個白色靈體，隨著氣流吹拂，從他上方飄過。

那是一縷蕾絲幽魂，是一條小內褲。

他被迷住了，立刻跟了上去。他踏入蜿蜒巷弄裡，同時不忘緊盯這個珍貴的嚮導，他深信這是他專屬的邀請函。直到來到一處封閉式的內院，在他面前十多公尺的地方，這件私密衣物被一根木桿勾住了。古茲曼立刻爬到牆頭上，想看看另一頭的模樣。

這座內院宛如一張蜘蛛網，處處立著木樁和撐起的繩子，繩上晾掛了一排排的衣物，原來這裡是一家洗衣廠的後院。一名身材纖細的女子，身穿一襲紅色絲綢，黑色的頭髮紮成髮髻，她手裡拿著木桿和古茲曼一路護送過來的那件小內褲。她轉過身來，彷彿早已感受到古茲曼就在她背後。她是中國人。

「小內褲很不安分。」她說。「但它們會再回來。它們總是會再回來。」

古茲曼有點猶疑地點了點頭。

「襯衫比較有教養。護腿太害羞了。上過漿的領口則太懶惰了。」

這女子的嗓音聽來清亮，有時又很低沉，非常低沉。彷彿同時有兩個聲音在說話。一個是男性聲音，一個是女性聲音。

年少的古茲曼望著這位東方美人的鵝蛋形臉龐。雨水對她臉上厚厚的脂粉幾乎毫無影響。她的雙眼、嘴唇和臉頰，簡直像是用畫的。但在脂粉底下，隱隱約約可看到暗色的細軟鬍毛。

「所以，你想來這裡打雜？」全馬賽最知名的陰陽人李夫人，向他這麼提議。

10

李夫人的洗衣廠——活像個熱氣騰騰的地獄，只不過瀰漫的不是硫磺味，而是香草味——是全馬賽生意最好的洗衣廠。馬賽的有錢人很樂意由一位陰陽人來打理他們不可告人的荒淫。人人不論男女，都下意識地很信賴她：既然她既是男人也是女人，他們便不必擔心會遭到她批判。他們的髒內衣大可放心交託給她。

相傳這位神奇人物，是出生在中國偏遠鄉下的農村人家裡。農家耕田需要壯丁，因此女孩經常一出生就遭淘汰——通常是由產婆親手壓到水盆裡溺死。但李夫人的雙親面對這造化弄人時，頓時不知所措。這分猶疑就這麼讓她保住了小命。

據說她是由一位比利時的柑橘香水原料商人帶到歐洲，他是在一趟旅程中偶然發現了她。當時她十三歲，他不費吹灰之力就成功說服她父親把她賣掉——她父親認為她是來自上蒼的莫名懲罰。

傳言也說，這位比利時商人讓她成為巴黎一家非常時髦歌舞廳的紅牌藝人。還有更難聽的傳言說，她之所以來到馬賽，是因為同時愛上了一位法官和他的妻子。李夫人周旋在這夫妻倆之間，完全是得心應手，畢竟她的天性就是如此。夫妻倆起初還對這模糊曖昧的遊戲感到玩味，可是很快就開始萌生不可能獲得滿足的獨佔之心。由於不論哪一方都無法獨佔這個雌雄莫辨的美妙尤物，他們竟變得反目成仇。兩人最終互相殘殺，雙雙身亡。

不過，我剛才也說了，這純屬毒舌八卦。人總是喜歡把自己的變態想法，加諸到別人身上。

話說回來，我應該可以篤定地說，這是古茲曼一生中唯一一次替人工作。他最大的收穫，不是每次把一包乾淨衣物送到客人府上後所能領到的幾塊錢酬勞，而是他得以藉此踏入內衣的世界。

女性內衣的世界，充滿了各式不可告人又野性的氣味，他一閉上眼睛，想像力就開始天馬行空翱翔。他得以一窺人類的獸性一面。他可以恣意放縱自己的各式青春奇思遐想，幻想著各種秘密的擁抱和撫摸。

他透過嗅覺，偷嚐著歡愉的禁果。

古茲曼太融入這個新生活——也太樂在其中了——因此很害怕母親再度拉著他踏上那個一直以來盤據了他們整個生活的尋人之旅。目前，馬賽仍是他父親最新現蹤的地方，因此他暫時無須擔憂。

他再次陷入憂慮的那一天，是李夫人把一個襯紙包裹塞到他手上。襯紙裡裹著一件絲綢長裙晚禮服。他必須把它送去給一名中年男子，雖然他已不記得這名男子的面容，卻怎麼也忘不了這個名字。

古茲曼捧著這個包裹走在馬賽的街頭——心頭則托著另一個更沉重的負荷——來到所指定的地址。這些年來，他從來就不是真的很關心父親人在何處。他為了怕惹母親不高興，從來不曾向母親坦言這件事。他就只是乖乖跟著她走而已。

然而，這下他卻得知了自己根本一點也不想知道的事：他的生身父親和情婦的藏身之處。

11

在前往艾斯塔克——也就是位在馬賽北邊、藝術家雲集的地區——的路上，古茲曼思考著各種可能發生的情境。

也許會是她來應門，他心想著。我只要把包裹一交給她，就立刻走人。假如來應門的人是他，那麼他一定認不出我。他不可能認出我，時間相隔了這麼久，當年我還那麼小。等我一領到酬勞，就若無其事離開。大家各自分道揚鑣吧。

他來到一棟三層樓的公寓，公寓外牆有著不常見的摩爾風格浮雕綴飾。他上到三樓，敲了敲一道綠色的門。來開門的男子，頭髮斑白，蓄著一臉亂糟糟的大鬍子，穿著一件短睡衣。他當時正在抽菸。

他一見到古茲曼，整個人立刻僵住了。他不到一秒就認出了他。他們就這樣在門口愣了將近半分鐘。

「進來吧，孩子。」

古茲曼進到一間兩房套房。看得出，室內相當凌亂。煤爐上的錫鍋裡正在煮水，鍋裡有一顆雞蛋。角落有一張尚未整理的床鋪，所謂的衛浴，僅僅是一個臉盆和一只白鐵琺瑯壺。

好幾個插滿菸蒂的菸灰缸，東一個西一個隨處擱置。男子從他面前走過去，挪開書本，騰出兩張椅子來。

「坐吧。」

古茲曼手裡捧著包裹，一語不發，在他父親面前坐了下來。

「你長大了。今年幾歲了？」

「十二歲。」他面無表情回答。

「很好。」

男子不知該如何繼續。他把雙手放在自己大腿上，朝空中呆望了幾秒鐘。

「你知道，你的母親……我對待她的方式，可能會讓你覺得很絕情，但我其實是救了她一命。」

進到屋內並環顧四周後，古茲曼立刻明白了他父親的生命中並沒有別的女人。從來就沒有。

「你想想嘛，你母親不曾變老。我從來沒讓她有機會變老。她在和一個總是比她更貌美且更年輕的假想情敵競爭。為了不輸給對方，她不得不天天精進自己，不可以像那些已經達成目標的女人一樣放縱自己。」

「達成什麼目標？」

「擁有另一個人。」

但此時的古茲曼還無法明白這番話的意思。

「兒子呀，其實我從第一眼就愛上了你的母親，這世上我最想要得到的就是她。後來她點頭了，我們結婚了，並發誓要讓這段感情生死不渝。」他笑著述說。「多麼荒謬呀，你明白嗎？說得好像感情真的有辦法承諾，而且還要生死不渝！我擁有了她，她也擁有了我。」他話鋒一轉，變得嚴肅，且凝視著古茲曼。「但這並不代表我們就互相屬於對方。恰恰相反。立下婚約的同時，我們同意了成為彼此的財產。就是因為如此，我才逃走了。我給了她一個繼續渴望我的理由。也給了我自己一個繼續渴望她的理由。在我們這段感情的一開始，是我在苦心追求她。一結了婚，就不再追求了。但這樣很沒道理。於是我設法讓情形回到從前那樣，現在換成她追著我跑了。」他停頓了一會兒。「逃避愛情是非常累人的一件事。至少和追求愛情同等費力。」

的確，古茲曼看到父親時的第一印象，就是覺得父親顯得很疲憊。

他之所以淪落到這般境地，其實是有原因的。他刻意選擇了困苦的生活，以保全他所深信不疑的事。他用來寵愛假想情婦的那些時髦服飾、奢侈品和昂貴的香水，都只是用來維繫一個假象。因為表象成了他如今僅存的東西了。

父親一隻手搭在古茲曼的肩膀上。

「在這一切的不堪中，慾望是我們前進的唯一動力。我們人人都需要一件讓我們熱衷或執迷的事。你也找找會讓你熱衷或執迷的事吧。要用力渴望它，讓你的人生成為你活著的理由。」

這突如其來的教誨，令古茲曼不知所措。彷彿他的父親早已等了很久，就為了這一刻。彷彿他早就在等候兒子的到來。這個想法稍微療癒了他被遺棄的傷痛。

「要怎樣才能知道，我真的找到了自己所執迷或熱衷的事？」少年古茲曼不禁問父親。

「如果你把它講給別人聽，別人也覺得深受吸引，那麼你就知道你沒有白活一場。兒子呀，切記：總是許許多多的故事，為人生賦予了滋味。」

父親站了起來，轉過身去，開始翻找梳妝台的抽屜。回來的時候，他手裡拿著一只安全別針，上面別著一根菸蒂，菸蒂已經太短，無法用手指夾來抽。

「你抽過菸了嗎？」他問。

古茲曼搖搖頭。

他父親在他身旁坐了下來，正準備用打火機點燃這菸蒂焦黑的一端，又暫停下來解釋：

「馬賽這座城市，當初是由希臘水手所建造，這你知道嗎？他們的末代後裔就住在舊港口，是個獨腿的妓女，她名叫雅芙蘿黛蒂……你都不知道她有多美，有多少男人拜倒在她的石榴裙下。」他一面說，眼神一面望向天際。「她的殘疾本該把男人都嚇跑，但就是因為有這殘疾，雅芙蘿黛蒂才不得不努力學習，成為最令男人著迷的情人。」

他微笑了，隨即打出火苗，點燃菸紙末梢。

「這個菸蒂就是從她家的一個菸灰缸裡拿來的。加油，抽抽看是什麼味道……」

少年古茲曼用兩根手指夾住安全別針，把菸蒂湊到嘴邊。他吸了一口，隨即嗆得大咳特咳。

「再一次。」父親敦促他。

他把相同的動作又重複了一次，這次他閉上了眼睛。頓時之間，他回想起自己在李夫人的洗衣廠所嗅聞過的各種女性內衣氣味。那些氣味這下也有了滋味，因為這菸草有一種女人、奢華和妓院的味道。

「這味道像……她。」

古茲曼瞪大了雙眼，彷彿大開了眼界。他父親忍不住一直笑，令古茲曼感到氣憤。

「我並不是在嘲笑你。」他安撫他。「唯有透過這種方式，才能讓你明白這種感覺。這個菸蒂是從港口那邊撿來的，是一艘漁船的船員下船後丟棄的。但我只不過是跟你說了雅芙蘿黛蒂的故事，它抽起來便有了你內心所決定賦予它的獨特味道。兒子呀，人的感官是由心所決定的。」他撫摸著他的臉頰說。「既然現在真相大白了，你再抽一口看看，然後告訴我是什麼味道。」

古茲曼乖乖照辦。

「魚腥味。」

雅各・胡曼打量著手指間的這根菸。他早已忘記它的菸草中混摻了木屑。位在幽暗處的俘虜，發出一聲短促的笑聲。

「很好，醫師，看來你開始能明白了。」他說，接著話鋒一轉，語氣變得吊人胃口。

「我猜現在你一定很想知道後來怎麼了……」

12

雅各．胡曼發現咖啡喝完了的時候，已經是晚上十點多。那俘虜從頭到尾只抽菸而已，咖啡都被雅各．胡曼喝光了。算一算，一個人各抽了五根菸。

「不用說也知道，古茲曼第一次抽菸的時候，也是他最後一次見到父親。」

「這表示他父母再也沒重逢？」雅各．胡曼難掩失望。

「這我不知道。古茲曼每次講這個故事，最後結局都是這樣作收。他每次說故事，總是能很巧妙在嘴上菸火熄滅的那一刻，恰恰把故事說完。」

雅各．胡曼感到無法置信。有那麼片刻，理性佔了上風，而他不喜歡這種感覺。「他母親的執迷、馬賽的香皂雨、李夫人，和一個不斷逃避的父親：這一切會不會未免太巧合了？」

「正因為這樣才讓人覺得美呀。古茲曼講起故事來，總是行雲流水。從來就無法知道真實在哪裡結束，虛構又從哪裡開始。大可仔細分析每一句話、每一個字，拼湊出一個比較可信的故事，但那麼一來，就不怎麼吸引人了。不然就是全盤接受，照單全收。可以只當一個疑心重重的觀眾，為了愛面子，硬是不肯被魅惑。不然也可以懷抱著赤子之心，在故事中渾然忘我，乃至融入其中。」

這個觀點讓雅各．胡曼感到安慰，不再為自己的理性態度耿耿於懷。他想必屬於第二類的人吧。

「我仍記得我的朋友古茲曼，細細品味著從港口撿來的菸蒂，這些菸蒂用安全別針別著，既短小又濃烈，還帶有別人口中的滋味。他說這些菸蒂讓他想起他的父親。」

雅各．胡曼很想再追問這個故事。他感到自己內心油然生起一股莫名的好奇。其實，在這個故事一開頭所提到的三個問題——古茲曼是誰？我是誰？在鐵達尼號上抽菸的那個男子又是誰？——他仍一個也回答不出來。

尤其最後一個問題最令他不解。他朝菸草袋裡看了看——菸草很快就將一點也不剩了。在目前這種情況下，如果想讓故事繼續說下去，似乎手邊非得要有菸草不可。他感覺彷彿除了氣氛得宜之外，是菸草才讓這個說故事的機制，有了充足的運轉動力。

他決定先暫時離開一下，再去找些菸草來，但還來不及付諸行動，中士就出現，再度如儀式般說了那句：

「醫師，麻煩跟我走一趟。有事情要拜託你。」

這次，語氣非常凝重。

從過去行醫的經驗中，雅各．胡曼學會了辨認聲調中的這種細微差異，就像懂得分辨心律不整和正常呼吸節奏的差別一樣。他二話不說就起身跟著中士而去。

13

病患是一名士官。這也不足為奇了，雅各．胡曼早就已經有心理準備。這次，致病的原因不是戰場，而是肺炎。

他藉由熱敷這名病患的背部和胸口，或讓病患吸入樟腦精油蒸氣，讓病患一息尚存。但他也知道，這樣只不過是稍微舒緩而已。最新情形是，病患的情況惡化了，呼吸越來越困難。

雅各．胡曼把手放在病患的額頭上，動作十分小心翼翼，彷彿稍一用力就恐怕把額頭壓破。額頭很燙。高燒不斷消耗著這位病患，猶如野火吞噬著一根麥稈。

「他時日不多了。」中士如判刑般宣布。對中士這種人來說，光只有感覺是不夠的，他們還需要藉由言語讓現實顯得更具體。

雅各．胡曼並未答腔。他在內心納悶，不曉得這位年輕人是否已經準備好要撒手人寰了。不曉得他——套用那俘虜口中的古茲曼父親所說過的話——是否先前已經「讓他的人生成為他活著的理由。」

這位士官被安置在戰壕裡的一個專屬區域。他之所以能夠單獨待在這裡，而其他大兵也並未有異議，原因是有了土堤的遮蔽，鞭打著山壁的強風比較不會吹颳到他。但雅各．胡曼和大家都知道，這只是個藉口。事實上，要是他是死於敵人之手，卻沒人能朝這個敵人開槍——亦即朝重病開槍——那淒涼的景象任誰看了都無法接受。這場仗還沒開打就注定要慘敗。

這位垂死士官吃力的呼吸聲，蓋住了他在人世間最後時刻的呻吟。

這時，指揮官現身了。副官隨侍在側，指揮官仍是一貫的軍事作風，對垂死的士官彷彿視而不見，而直接對軍醫雅各．胡曼說：

「你在山洞裡和那俘虜一待就是兩個多小時，果然如我所料，他一見到你就肯說話了。」他自鳴得意地說。

「我們確實展開了對話，但我也不知道將能聊到什麼程度。」雅各．胡曼坦言，同時也不想惹指揮官不悅。

「醫師，別聊無謂的瑣事了。現在分秒必爭，沒時間聊雞毛蒜皮的事。」

「其實，時間是有的。天亮以前都還可以，是吧？這是您當初設下的條件，沒錯吧？」

他竟然振振有詞，這可是破天荒頭一遭。既然他現在已經讓那固執的俘虜稍微卸下心防，他覺得自己應該可以對長官採取不同的態度。至少到明天以前都可以這樣。因為，事實上，雅各．胡曼沒有把握能套出那義大利俘虜的姓名和軍階。的確，對方已經答應了他。但他也必須承認，他並不知道那俘虜為什麼會選擇把自己的故事偏偏說給他聽。

「快套出他的話。」指揮官又說。「這事就交給你全權負責了。要是被我發現你們變成哥倆好，我──」

垂死的士官打斷了他。士官開口說話了。大家都望向他，但沒人聽得懂他在說些什麼。

「請稍等一下。」雅各．胡曼向原本打算繼續說下去的指揮官示意。

指揮官顯得很不耐煩，但雅各．胡曼不予理會，逕自走到傷者身旁，把耳朵湊到傷者嘴邊。

「一條毛毯。」他氣若游絲反覆說。

雅各．胡曼向中士示意，於是中士便在傷者身上原本就已經厚厚一落的毛毯上，再加蓋了一條毛毯。垂死的士官並未有任何動作。他碧藍的雙眼熱淚盈眶，對他正要離開的這個世界充滿悲憫情懷。人世間的見證者又將減損一人了，這似乎比他本身的死亡更令他感傷。他度過了此生的最終一秒，隨即嚥氣了。

雅各．胡曼按照慣例輕輕替他闔上雙眼，然後轉向上司。

「您有菸草盒嗎？」

「當然有。」指揮官回答時驚訝又不悅。「但關你什麼事？」

「菸草盒必須交給我，這是策略的一環。」

「什麼策略？」

「親愛的指揮官，明天早上，你所知道的將遠不只是一個姓名和一個軍階。」

就在說出這番謊話之際，雅各．胡曼了解到，在內心裡，他其實根本不在乎後果了。

指揮官冷冷瞟了他一眼，然後從外套內側口袋掏出一個象牙菸草盒，遞給雅各．胡曼。

「你一個小時內要來向我報告最新情形。」

雅各．胡曼想要抗議。

「這是命令。」

他轉過身去，離開了，後面跟著副官和中士。

只剩下自己和年輕士官的遺體後，雅各．胡曼把菸草盒收進口袋，拿出自己那本黑色封面的一九一六年行事曆手札。翻開手札時，有個原本夾在紙頁裡的東西掉落出來。是一張紙花。雅各．胡曼把紙花撿起來，重新夾回小手札裡。他重讀了記載到目前為止的最後一行字，日期是四月十四日：

晚上八點零七分。一般大兵：「出現了。」

他看了看手錶，然後在下方接著寫下新的一行字。

晚上十點二十七分。士官：「一條毛毯。」
雅各·胡曼把這一行字反覆讀了幾次，然後心滿意足點了點頭。有道理。

14

他回去找那俘虜的一路上，內心出奇興奮。戰爭有個好處。它能讓我們更珍惜生活中的小事情。這種情形，二十多天前也發生過，當時有隻金鵰飛到戰壕上空，牠的影子輕輕拂過了抬頭仰望天空大兵們的臉龐。片刻之間，時間暫停了，每個人都默默欣賞了這隻猛禽的翱翔英姿——牠絲毫不在乎下方這些狼狽可悲的人類和他們這場無謂的戰爭。在那幾分鐘之間，這些人的內心萌生了一種不同的情緒。既不是羨慕這樣自由自在翱翔，也不是懊悔。只有純粹的喜悅。

就這樣，對雅各．胡曼而言，那俘虜的故事成了一種通往另一個不同世界的秘密通道。成了跳脫這條戰壕和這場戰爭的一種管道。

到了山洞口，他發現那俘虜仍在剛才他離開時的位置，仍坐在地上打盹。雖然很想知道故事的後續，雅各．胡曼並未叫醒他。他在桌前坐了下來，打開指揮官的象牙菸草盒。一股濃郁的脂香味，從栗褐色的蓬鬆菸草中飄出來。他親手又捲了些菸，準備用來度過接下來兩人眼前的漫漫長夜。

「菸紙千萬不能含有麥稈。」俘虜忽然說。「頂多只能有棉絮。最好能用米紙。而且不可捻搓菸草，必須用指尖輕推。推半分鐘。不多不少就是半分鐘。」

「願聞其詳。」

「火柴必須用黃檀木，它又被稱為『玫瑰木』，這名字並非隨便取的，這是因為它具有獨特香氣。火柴頭不可含有硫，硫的氣味不佳，而要用白磷，這麼一來，熄滅時才會化為一縷細緻煙霧。」

雅各．胡曼入神地聆聽著關於這種愜意嗜好的各種小細節。

「別第一口就把煙吸入，第一口只是用來讓口腔留香用的。要用鼻子把氣呼出，好讓所有管道都準備好迎接香菸的氣味。」

「這些都是古茲曼教你的？」

「他把一般人只視為一種休閒、一種癖好的事，提升到了藝術的層次。對他來說，抽菸是一種關於自身原則和意義的儀式。他會慎選自己所要抽的菸種。然後他會拿出所有必要的工具，用充滿儀式感且不疾不徐的細膩動作來捲這根菸。」

俘虜伸出手，想再要一根菸。雅各．胡曼把菸遞給他。

「請再多說些關於他的事。」

「一如我先前所說的，古茲曼童年時期都跟著母親失魂似地到處東奔西跑。他當時還沒意識到，但這種古怪的行徑已經深深植入他的心中。他無法在某個地方安頓下來，他不能理解什麼叫落地生根。因此，他所熱衷的這件事——或該說他所執迷的這件事——也彷彿如同受到制約。」俘虜邊說邊把菸點燃，吸了一口，然後吐出一片灰色煙霧。「古茲曼在印度抽過邁索爾地區的菸草，在敘利亞抽過拉塔基亞菸，並在墨西哥抽過毒液樹的葉子。在摩洛哥，他抽過一位年輕蘇丹的水煙，也和美國紅番一起抽過長菸斗，一面聊著靈魂，解放著心靈……但他始終珍藏著一支香草雪茄。是支銀雪茄。這支雪茄的年齡已經超過一個世紀。」

15

古茲曼手上最珍貴的這支雪茄，可追溯到十七世紀，原先是一位葡萄牙船長所有，他是個香料商人，名叫哈畢斯，這支雪茄是他要求一個深諳藥草和香氣的非洲奴隸特別為他製作的。

哈畢斯把它裝進盒子，藏在舵柄下方，還說萬一沉船了，它就是他唯一的慰藉，因為他身為一個稱職的船長，一定會陪這艘船共存亡。他將會把它叼在嘴上，以傲骨的笑容面對死亡。

哈畢斯和他的船員一共要為五艘大船、兩艘中型快帆和三艘小帆船的沉船負責，但他們都沒有任何人因此送命。尤其是哈畢斯，他總是搶第一個跳進水裡，攀附著香料桶活命。當然，腋下還夾著他那盒雪茄。

有一次，他措手不及。當時是在印度支那，劇烈的暴風雨掀起高達七公尺的浪濤。可憐的哈畢斯連最後一根雪茄都來不及享用。而造化弄人，這根雪茄竟成了這場船難唯一的倖存者。盒子將它保存得極佳，它在既乾又暖的狀態下漂流了一個世紀，多年後落到古茲曼手中，由古茲曼從一個維也納骨董商那裡買下。

有些人相傳，粗野的哈畢斯在臨死之前，感受到了這場暴風雨和之前其他暴風雨有所不同，將會決定命運，於是在迎向死亡之際詩興大發，在航海日誌寫下了這句話：要沉船了，走吧，死神在召喚我們！

但還有些人——他們的說法比較寫實——則說，這句話事實上應該是：我們又要沉船了，實在有夠倒楣！

古茲曼敘說著吞沒了哈畢斯和他船員的這場暴風雨，字句在他口中彷彿驚濤駭浪。如果仔細觀看他、傾聽他，就能從他眼中看到這艘大船的船首宛如一把利刃劃開水面，在大海中乘風破浪。

「暴風雨！才沒有什麼暴風雨！」他說。

也許他說得對，因為哈畢斯的船從緬甸實兌進入孟加拉灣時，正值一七四八這一年夏季的第二次滿月。而只要是跑船的人都知道，夏天滿月的時候，孟加拉灣從來沒有暴風雨……

這時候，古茲曼停頓了一會兒，讓聽眾稍微消化一下這個資訊。接著他繼續講故事。在印尼港口各家客棧之間，流傳著一個關於無法解釋之船難的傳說。

一些沒有風的暴風雨。

根據某些人的說法，夜裡風平浪靜的時候，海面會莫名翻騰起來。但明明一陣風也沒有。漸漸地，海面越來越洶湧。

他們又說，這奇怪的現象，其實只不過是昔日與海盜交鋒的水手冤魂，忽然從海裡以巨浪的形式顯靈了，想吞沒往來的船隻，一艘也別指望能全身而退。

想當然耳，葡萄牙船員很清楚這世上才沒有無風的暴風雨，也知道這傳說是當地船夫所捏造，以阻撓外地人載運香料來競爭。

只有一個人相信這套說法，就是哈畢斯。他堅決不肯起錨，這時卻有位老闆想請他出航。

儘管如此，也不應對哈畢斯抱持負面看法。他並不是個膽小鬼，只是因為從前有過太多出生入死的慘痛教訓，使他有些躊躇不前罷了。首先，他幾乎耳聾，且少了一隻眼睛：因此他不太得女人青睞。此外，他只以鸚鵡肉為食物。然而眾所皆知，假如有人一輩子都只吃鸚鵡肉，遲早會得潰瘍。

無論如何，船員們在老闆的重金酬勞誘惑之下，終於說服了這位固執的船長：他們把哈畢斯敲昏，然後送他到底艙昏睡。

其中一個小水手去叫醒他時，幽暗的天色令人備感威脅。暗夜和海面都一片漆黑，彷彿融為一體。誰也說不出兩者的交界在哪裡。海浪既巨大又震耳欲聾，非常駭人。而且沒有風。

沒有任何一絲風吹震船帆、拂掃桅杆，或在纜繩間咻咻作響。

哈畢斯登到甲板上，船員都在等他。這位船長先後一一直視每個手下的眼睛。這些水手也輪流一一直視他那唯一的一隻眼睛。過了一會兒，哈畢斯才發現，他們並不是在看他，於是他也轉過頭來。在他身後的漆黑中，出現了一艘設有好幾口大砲的船艦，從來沒在海上見過這麼大艘的砲船。

是海盜。

這些巨型大砲所發射出來的金屬砲彈，不但使海水沸騰，還在海面上掀起轟隆巨浪，形成一場沒有風的風暴。

雅各．胡曼捧著肚子，下巴很痠：他很久沒有笑得這麼開懷了。那俘虜也和他一起大笑。一人的笑聲，讓另一人聽了又更想笑，兩人都笑到欲罷不能。

有個站崗的大兵被這聲音引來，探頭朝山洞裡看了看，但這位軍醫和這個義大利俘虜完全不以為意，還覺得他很好笑，於是笑得更一發不可收拾了。

他們大笑了許久，在一把淚水中，好不容易才平息下來。

狂笑停歇後，總會留下一點什麼，雅各．胡曼心想。就像大雨過後，留下的是一種對濕氣的清新回憶。

一陣狂笑後，留下的是感恩的心。

就在人生的此時此刻，雅各．胡曼覺得感激。感激人生，因為自己仍好端端活在人世。感激他的妻子，她雖然拋棄了他，卻仍願意被他愛了許多年。感激這場戰爭，他才得以認識這個義大利人。

「請繼續說吧。」

16

這便是哈畢斯雪茄——如今成了古茲曼雪茄——的由來傳說。它很脆弱，因此外面用一層銀箔紙包裹著。它很珍貴，尤其因為這一捲菸草，在薑、番紅花、胡椒和特別是香草的氣味中，周遊各地了許多年，早已浸染了各種香氣。它很特別，因此古茲曼決定，將來某一天，它將成為他的最後一根雪茄。基於這個理由，他特別小心翼翼珍藏它。

他一面講著這個故事，一面驕傲地向人炫耀這根雪茄，隨即又會把它如宗教聖物般，收進自己外套的內袋。然後他會說：「等到我在自己大限之日那天點燃它時，煙霧一旦裊裊升起，我就將認出哈畢斯那張紅通通的臉。如此一來，我們將如兩個老朋友般一起踏上黃泉路。我們也確實是老朋友，因為我深信，哈畢斯的魂魄就禁錮在這根雪茄裡。」

他登台的場所包括大飯店的大廳、歌劇院的廊道、音樂咖啡館和私人俱樂部。

古茲曼漸漸發展出一套能釣觀眾上鉤的技巧。他會在一個陌生人面前坐下來，點燃一根雪茄，然後一股腦就開始說故事。起初，這個被選中的陌生人顯得無所適從，但這個故事很快就讓尷尬氣氛一掃而空。他已掉入陷阱了。不出多久，他們身旁自動會聚集一小群好奇的人。

起先他們很納悶，猜不透這個邊說故事邊抽菸的特立獨行矮小男子究竟是何方神聖，但他們很快就感覺自己好像早就認識他一輩子了，像個老朋友一樣。

他們猶如他的甕中之鱉。

古茲曼手指間夾著一根雪茄，為他們創造出一個他們很願意相信的奇幻世界。他任由自己被這醇厚的雲霧籠罩，一面挑逗著他們的慾望。他口中的暗色煙霧，如柔軟綢緞般流動著，停歇片刻稍作等候，然後吐出來時以鬼魂的五官輪廓重新成形。旋即煙消雲散。

古茲曼把自己的死這件事拋到了腦後。目前這樣，他很快樂，他也不知道為什麼。他說：「我知道，這件事有害健康，終有一天，我會因此喪命。但是，是我的心靈迫使我這麼做，心靈它否決我的身體，邀請身體進行這場緩慢的自殘，因為它很清楚知道，即使身體死了，它仍會長存。它渴望飲用這無形的逸樂之水，這水令它上癮。它這麼做是為了它自己，為了它自己的享樂。」

他所熱衷的事──他所執迷的事──並不只限於抽菸和講故事。還要更複雜且更細膩得多。那還包含了第三種元素，和前兩種元素一樣基本重要。

就是山巒。

對古茲曼來說，山巒有一種獨特的意義。山巒之所以座落在它們所座落的位置，是為了提醒世人一些事情：或許是提醒他們人生的意義，也或許是提醒他們自身有多麼脆弱。對每個人來說，意涵都有所不同。

每當古茲曼遇見一座山，他就會停下腳步，坐下來，細細眺望端賞。他會傾聽這座山，看看它有什麼話要告訴他。接著，為了向山致意，他會抽菸。

他攀爬過積雪的阿爾卑斯山、喀爾巴阡山和庇里牛斯山。他曾站立在西藏高峰上，那裡海拔高達三千公尺，空氣稀薄，疾風猶如烈火，灼燒著他的臉，卻不會燃燒菸草。就連在埃及，他也在吉薩的三座金字塔前坐下來過，它們是沙漠中的高山。

在玻里尼西亞的基拉韋亞火山，至今仍有人在談論曾有個男子在火山旁抽菸。火山也陪他一起噴煙。

古茲曼靜靜不動，他在審視自己的靈魂：他知道靈魂在自己內心的某處，但就像大家一樣，他不知道它究竟在哪裡。

「菸草知道靈魂在哪裡。」他說。「菸草認得它，它也受菸草所吸引。抽菸，跟隨著菸草穿梭在它為我們帶來的快樂裡，在流竄體內的過程中讓感官變得模糊，包括下方暖熱的肺腑，聆聽那聲音，宛如悶悶作響的山雨欲來，陰暗幽黑又一觸即發，接著是往上，在腦袋裡嗡嗡盤繞，然後又是其他地方，我們自己到不了，它卻知道怎麼去，最後終於觸及到它。觸及到靈魂。」

古茲曼在高山上吐出一團團白色雲霧，用它們各自形形色色的形態，想像著自己靈魂的模樣。

「的確，用這種方式過日子很愜意。」雅各．胡曼說。「但以他所懷抱的這種態度，我看不出他如何才能維生。」

「我也同意，這樣似乎是遊手好閒。」俘虜答說。「但信不信由你，古茲曼後來正是靠他最拿手的這件事情致富了。」

17

古茲曼是享受逸樂的箇中好手。

他既不懶惰，也非好逸惡勞之徒。有些人來到世上是為了成就一番事業，有些人來到這裡則是為了提醒世人，活著多麼美好。第二種人就和第一種人一樣不可或缺。

就這樣，在李夫人的洗衣廠當過雜工後，古茲曼再也沒有工作過。

然而人若不是坐擁萬貫家財，又不善於乞討，遲早必須找份工作或想個辦法來餬口。由於古茲曼並非優渥的富人，通常又太幸福快樂，難以激起別人的憐憫施捨之心，他似乎別無選擇。

他並不怕吃苦，只是覺得這世上恐怕沒有適合他的差事。

每個人生來至少都擁有一種天賦——聖經是這麼說的——而古茲曼知道，他的天賦就是一面抽菸，一面講故事。

然而，擁有天賦並不夠。人還必須要有志向——也就是讓這項天賦得以充分發揮的特定環境。

依循這個邏輯，古茲曼講故事的天賦，應該會自然而然引領他成為小說家。但抽菸也是關鍵的一環。而儘管他有能力建議別人可以抽什麼菸，以及可以在故事的哪個橋段抽菸，他卻不可能把這項癖好強加在讀者身上。

再說，古茲曼也不可能接受自己的這些故事，竟然被囚禁在書面的黃金屋裡。這些故事是有生命的，每回都會更添聲色，不斷展現出新風貌。就像植物會長出新的枝葉和果實，不停更迭，同時又不失自己原本的樣貌。把故事白紙黑字固定下來，意味著剝奪掉它們的靈氣。換句話說，就是任由故事日漸凋零。

古茲曼像個工匠，會組裝句子、斟酌用字，變更節奏和音韻。往往是觀眾在告訴他該如何調整，因為他能透過觀眾的表情，看出哪個橋段太枯燥呆板，或哪種戲劇化手法的效果絕佳。

「我是這世上最後一個古希臘吟唱詩人了。」他邊說邊把一根手指指向天際。菸味和觀眾的笑聲令他整個人飄飄然。「我彷彿是現代版的荷馬，是個以四海為家的人，注定要流浪八方，用想像力為世人帶來慰藉。」

古茲曼很早就萌生了這樣的想法，大約二十歲左右就開始這麼想了吧。當時，他仍過著有尊嚴的貧窮生活——還不至於餓死，但已窮到不指望情況短期內能有所改善。他必須想方設法，才能吃上一頓熱食。

一開始，他把手邊最後的一點錢，都用來買一套二手西裝禮服，有點磨損了但仍算得上體面，是他向一家葬儀社老闆買來的——但古茲曼並不想知道這衣服確切的來源為何。

有了這身行頭後，他選了一家高級餐廳，於晚餐時刻走進店內。他在店內找個獨自用餐的客人，然後連自我介紹也沒有，就在對方的桌子坐下來。對方都還摸不著頭緒，古茲曼就逕自說起故事來。根據他的估算，客人一般要五到十秒之後，才會從最初的錯愕回過神來並開始抗議，因此他必須把握這短暫的時光，抓住他們的注意力。故事的開場白是關鍵——一如指揮家必須在音樂會的一開始就彰顯出整個樂團的絕佳默契，他開口的第一句話也必須一針見血。

「您有沒有聞到我西裝上這股薰香和腐爛花朵的臭味？您絕對不會相信，但這件衣服從前的主人是位獵鬼人，這衣服他穿了很長一段時間。」

客人原本已經要叫領班來了，舉起的手卻懸在空中，彷彿不聽使喚。古茲曼正中了對方的紅心，在對方血液中注入了好奇心的毒液。

這下，唯一的解藥就是繼續聽下去。

當年，古茲曼的故事還沒有這麼細膩精采。他常常即興發揮，虛實參半。他需要重口味的劇情，講些鬼故事和命案，充滿戲劇性，才能達到立竿見影的效果。客人為了知道故事的後續，便叫侍者再添上一副餐具。其實，古茲曼當初在構思這套方法時，他假定沒有人喜歡獨自用餐。大家都喜歡有他的故事一同作伴，而他呢，則賺到一頓飯，有時客人還會打賞。

「將來有一天，」古茲曼告訴我，「每到用餐時間，家家戶戶都會有人和他們一同共桌，講故事給他們聽。等著瞧吧，以後這會變得稀鬆平常。彷彿自己家裡就有個戲班一樣。」

古茲曼能說好幾種語言——這是長期隨母親奔走各地的結果——因此他不論走到哪裡，在表達上都毫無問題。他可以免費旅行，因為在火車上或船上，他總能找到某個有錢人正悶得發慌，或某群好朋友願意掏錢請他娛樂他們。而由於他包袱裡的故事源源不絕，他可以一連講上好幾個小時。

某次在倫敦，他又重拾這套餐廳的老把戲。店內，有位年長女士正獨自用餐。儘管她年事已高，裝扮卻毫不馬虎：她佩戴著珠寶首飾，身穿一襲晚禮服。古茲曼猜想，有個懂得欣賞她用心打扮的年輕男客來和她同桌共坐，她應該會欣然歡迎。他就在這一桌坐了下來。

「您有沒有聞到我西裝上這股薰香和腐爛花朵的臭味？」

「我認得這件衣服，它從前的主人是個混帳獵鬼人。」她答說，一面用一雙寒氣逼人的藍眼珠盯著他。「自從我死了以後，我每天晚上都來這裡守候他。」

古茲曼一定顯得十分驚慌，因為這位年長女士哈哈大笑了起來，絲毫不在意店內其他客人的眼光。

「您怎麼會知道……」

「自從聽說了你這號人物以後，我心想，見到你的唯一辦法，就是獨自到餐廳用餐。我每天晚上都在等你，已經等了整整一個星期。古茲曼，你終於出現了呀。」她責怪說。

「很抱歉。」他吞吞吐吐說，也不知道自己到底為什麼要道歉。

「年輕人，我想問你：如果是真實的故事，你會講嗎？我所謂的真實，並不是指確有其事——我已經太老了，承受不起像真相這麼殘酷的事情了——而是指會讓人盪氣迴腸，扣人心弦。這種故事會讓你雙手顫抖，感動得不能自已，但同時又好玩且溫馨，在世上並不多見。」

「什麼故事？」古茲曼終於好奇地問。

「還用問嗎？我的故事呀。」

18

她名叫愛娃．莫娜，已經高齡九十一歲，是匈牙利人，特別熱衷於——執迷於——一件事情：登山。

在這漫長的一生中，她成就過許多創舉。她曾登上一些最難攀爬的高峰，挑戰過屢屢奪魂的懸崖峭壁。她親身體會過疲憊的痛苦，也曾抗拒慫恿她放手的那來自深淵的呼喚。這一切都只為了一睹僅有少數幸運兒有幸欣賞到的景致風光。

「因為如果想要傲然居高臨下，必須付出一定的代價。」

然而，愛娃．莫娜的創舉雖然令人印象深刻，卻不會被寫入歷史著作裡，或導遊或高山嚮導的遊記裡，甚至不會被其他登山同好拿來口耳相傳。

「因為我是個女人呀，還能怎麼辦！」她這麼回答向她追問原因的古茲曼。

這些都是男人當道的活動，沒有女人的容身之地。她恐怕會使他們黯然失色。

「要是男人做了某件事，而女人馬上如法炮製，那麼他的作為就失去價值了。這難道你不知道嗎？」

「才不是這樣。」

「那給我一根雪茄，我馬上向你證明，你看了之後一定再也不想抽雪茄了。」

「妳起碼以前有抽過吧？」

「我只剩一邊的肺，另一邊的肺在我攀爬印尼查亞峰時，在海拔三千公尺的高度塌掉了。」

「所以更不該抽雪茄了。」

「年輕時，我都抽一位東方友人為我特製的鼠尾草菸。有一次，我們還教會了一隻海豹和我們一起抽菸。」

「東方才沒有海豹。」

「你還真的以為是鼠尾草？」

古茲曼很快就發現，今後勢必得要不斷和她鬥嘴，而以她的個性來看，他沒什麼勝算。

愛娃．莫娜向古茲曼提出的協議非常簡單。

「你要陪我一起旅行，聽取我這一生的故事，等我死後，你就把這些故事說給別人聽。作為交換——既然我膝下無子，也沒那麼想不開去嫁人——我將指定你作為我所有財產的繼承人。」

「莫娜女士，說不定您這輩子的故事，我聽了之後不覺得有趣。也說不定我先一口答應了您，等您過世後，我卻選擇忘得一乾二淨。」

「確實如此，但你不會這麼做。」

「您何以這麼篤定？」

「因為我已經毫髮無傷走過了將近一個世紀，見識過各種大風大浪，成就過非凡創舉，也愛過許多你連想都想像不來的女人呀，小子。」

謎團、冒險奇遇和女同性戀的戀情。

「好，一言為定。」古茲曼答應了。

19

古茲曼和愛娃．莫娜的奇特友誼就這麼展開了。他陪同她一起旅行，在腦海裡一一記錄下她向他講述的一件件人生事蹟。

他們一起造訪她在世上五大洲所攀登過的每一座山岳。對他來說，每一次都像看到一群彼此很熟的老太太相聚，她們一見面就天南地北聊個不停。然而，在這些看似瑣碎的閒聊中，總隱藏著更深刻、更內心的對話。

要是年紀許可，愛娃一定會全副武裝揹起繩索和登山釘攻頂去。古茲曼從她的眼神中就看得出來：在這張年邁面具的背後，藏著一個青春女子。她炯炯有神的雙眼就是最佳佐證。

「到了這個階段，自己是怎樣就是怎樣，再也無法佯裝。」愛娃這麼告訴他。「光是起了佯裝的念頭都顯得可悲。」

登山就是她這一輩子的全部。她的父親是登山好手，她的祖父和曾祖父也是。「只不過是個很普通的家族傳統，代代相傳而已。」接著她有所省思：「事實上，我想他們根本沒考慮過我是女人的這件事，讓我繼承衣缽之前，也沒想過要問問我本人是否同意。」

和愛娃同遊時，古茲曼多認識了很多地方、民族，和引人入勝的風俗文化。他嚐到了許許多多滋味不可思議的食物和飲料。而且重點是，他抽到了一些神秘的菸草和植物，它們有本事讓人忘掉人世間的種種無常。

他們從來不下榻飯店，也從來不煩惱下一頓飯要吃什麼。不論走到哪裡，處處有愛娃這九十一年歲月來所結交的各路朋友款待他們。朋友們既慷慨又熱情，都很高興再次見到這位老朋友。朋友們總是盛情難卻：對他們來說，能夠接待她，他們備感榮幸。

起初，古茲曼感到很不自在，尤其是——晚餐後或等待天亮前——其他人開始回憶過往，聊起故人的時候。不過，聽過越多愛娃的故事後，古茲曼就越來越能融入她的世界。他所認識到的人也成了他的朋友。這想必是愛娃．莫娜所遺留給他最珍貴的東西。

她的精力驚人，從來不喊累。她的記憶力並未受到歲月沖刷，宛如一塊堅硬的大理石。她什麼都記得清清楚楚。一如先前約定，她把自己過往事蹟的各種細節都講給古茲曼聽，即使是最難為情的部分也一樣，毫不扭捏掩飾。她向他傾吐自己的好幾段戀情——有絕世美女、有純樸的家庭主婦，也有想都沒想過會愛上其他女人的忠貞妻子。她說起和她們之間的感情時，不帶一絲邪念，反而態度十分鄭重。

對古茲曼而言，愛娃．莫娜宛如開啟了通往一處未知天堂的大門。「那些愛撫和擁吻並沒有任何一丁點的傷風敗俗。她們其實是透過我，看見了她們自己。那就像透過一面鏡子觸摸自己。」

古茲曼覺得，得知了這麼多私密的事情，會使他分心而偏離原本的目標，亦即記住愛娃的故事——就像他十二歲時，李夫人的洗衣廠那樣。他心想，男人總是被自己的本能反應牽著走。但他錯了。因為，與此同時，他學到了在未來日子裡讓他最受用的一課。

他學會了傾聽。

如果打算講故事，傾聽算是一種基本技能。愛娃．莫娜是個非常會說故事的人。她像歷史學家一樣詳實，像詩人一樣滿腔熱忱。他唯一一次看到她顯得猶疑，是她首度講起卡蜜兒的那一天。

她們在黑白照片上一起變老，這種照片無可避免會隨著歲月漸漸鏽褪。她們總是青春年輕，卻不失穩重。穿著男性的羊駝毛長褲，腰間繫著細細的真皮腰帶，這身打扮彷彿在向男人的世界下戰帖。腳上的大頭防滑釘鞋，散發著她們溫柔的力量。肩上揹著繩索，身上披著初剪羊毛的背心，長髮綁成馬尾。她們倆肩並肩，在高海拔的一處草地上或岩石旁，面露微笑。

「我們倆之間的一切，唯有在高山上才可能存在。」愛娃．莫娜帶著一絲懊悔坦言。

「她的死，是我最大的過錯。是我強留她在我身邊。我的後半輩子，就是對我的懲罰。」

「哪有誰會想懲罰妳們？」

「上帝呀，不然還有誰？誰叫祂是個男人？」

他們從此再也沒提起過卡蜜兒。愛娃突然間就不再提她的名字了。僅有一次，她意有所指，卻也沒有點破，那次她把古茲曼的臉捧在手裡，表達關愛之意。她對他說：

「古茲曼，選個人吧。也讓你自己被對方所選。」

接下來那幾天，她變瘦了。瘦得太快，令人不得不感到憂心。在醫生們眼中，這情況不妙。但古茲曼老神在在，他知道這是怎麼一回事：愛娃講出越多故事，就越是在把自己託付給他，因此，也就越是把自己生命的分量移交給他。

「你的這位朋友正在死去。」別人告訴他。

「不是的，她是在卸下靈魂的重擔。」

20

他們共度了五年的時光。

愛娃．莫娜的死，帶來了更多的驚奇。

第一個驚奇就是這位老太太幾乎是個窮光蛋。

作為報酬，古茲曼繼承到幾件首飾，和一大堆女性衣物。然而，他一點也不覺得自己受騙了。事實上是連她自己也不知情。

以前，她曾經非常富有。不過，這些年來，她都是靠朋友的款待過活。他們不但供應她食宿，還滿足她的各項需求。因此她沒察覺到自己的財富因為不必要的揮霍而日漸縮水了。

古茲曼並未因此懷恨，他的收穫遠不止於此。

還有山岳。

他賣掉了這位好友的幾件物品，用得來的錢，再次走訪了愛娃一生中的幾個重要地點，把這傷心的噩耗告知她的親朋好友，並在她曾深愛且挑戰過的每一座山頭上，都撒下一點她的骨灰。

「你明明說古茲曼靠著自己最拿手的事情致富了。」雅各．胡曼抗議了。

「我是這麼說的，因為事實就是如此。」俘虜答說。「請放心相信我，先聽我說完吧。」

21

愛娃．莫娜過世後，古茲曼無奈地發現，自己又回到了原點。少了金援，他無法再投入自己所熱衷——所執迷——的菸草，也無法信守他當初所答應愛娃的事，即講出她的故事和原本就有的其他故事。

在白朗峰上，撒下她最後的一些骨灰時，他在一處溝壑，遇到一個神情猶疑的男子，處境十分危險。面對深淵，可以欣賞這美景，可以感到懼高，甚至可以起雞皮疙瘩，但萬萬不可猶疑。大家都知道，深淵會助長猶疑的感覺。

看出這個可憐人的意圖後，古茲曼小心翼翼走上前去。對方臉色很蒼白。

「別想不開呀。」古茲曼說。

他了解到，單單勸退是不會有效果的。深淵往往像會呼喚，對於竟敢不遮遮掩掩而敢正面看著深淵的人來說，更是如此。古茲曼必須趕緊想個辦法。為了引起這個木然男子的注意，光是用字精準還不夠——必須找到通往心扉的大門。

「你是什麼人？」古茲曼朝著山谷裡大喊。

這麼一來，他的回音讓下方山谷更顯得空蕩蕩。對方沒料到會遇上這種事。他驚跳了一下，連帶抖動了他內心尚存的那一絲微弱求生意志。這下，起碼他體認到了自己腳下有多麼危險。

「達戴梅爾。」他壓低聲音說，彷彿怕自己一不小心重心不穩。

「我沒問你叫什麼名字。我問你是什麼人。」

「我是個音樂發明家。」達戴梅爾轉過頭來，一臉尷尬地說。

「什麼跟什麼，沒聽說過！」古茲曼一頭霧水驚呼。

「你要是別再這樣，我就解釋給你聽。」對方困惑又驚慌地說。接著簡短說明了一番：「我專門發明樂器。我會創造新的聲音。」

「音符不是就只有七個嗎？」古茲曼又問，這次比較壓低了聲量。

「因為呀，你們很多人都以為，音樂僅僅是由音符所構成。」對方解釋說，接著又表示，正是因為世上有這種人，才逼得他想跳崖。「我發明了一種樂器，但沒人願意承認它是樂器。我還因此被人嘲笑。」

「誰嘲笑你了？」

「大家都嘲笑我。其他音樂家，還有其他發明家。」

竟然一次被兩種人嘲笑，實在太不堪了。對於他這樣意圖尋短，古茲曼頓時感到很心疼不捨。大可把一個人的一切都奪走——尊敬、榮譽、尊嚴——但要是把夢想也扼殺，那就完了。此時此刻，古茲曼了解到達戴梅爾最終一定會騰空一躍。他無法阻攔他，因為唯一的辦法是除非能改變過去。

既然他無法改變對方過往的人生，至少能鼓勵對方改用不同的眼光看待自己過往的人生。於是古茲曼做了他唯一會做的事情。他在懸崖邊坐下來，把手伸進口袋，掏出一支細雪茄。他把雪茄末端在自己的手背上敲了三下——這個舉動毫無功用可言，卻是癮君子必做的動作，誰也不知道為什麼。然後他點燃了雪茄，娓娓講起愛娃．莫娜一生的故事。

他一一敘述她的各次精采奇遇，也如實描述她所遭遇過的種種苦難。最後他總結說：「世上有多少女人本該在人類歷史上佔有一席之地，結果卻消失無蹤，只因為這個由男人當道的世界，擅自決定不賦予她們同等的尊嚴？仔細想想，這根本是一種趕盡殺絕。」

古茲曼也不知道自己為什麼會說起愛娃的故事。他甚至不確定這樣對事情有沒有幫助。他從來不相信故事具有什麼寓意。他反而覺得每個人，如果自身願意，自然能從故事中有所收穫。他通常信不過那些為了教訓別人而說故事的人——那種人最糟糕了。

「你為什麼要跟我講這些？」達戴梅爾問。他是認真在等著聽寓意。

「坦白說，我自己也不知道。或許是為了耽誤你見到死神的時辰吧。說到底，我還滿喜歡打亂祂的計畫。」

達戴梅爾陷入沉思。然後，他後退了一步，這感覺就像他腳下的深淵閉上了原本的血盆大口。

「你救了我一命。」

「是你自己救了自己。」

22

我向來認為，夢想家可分為兩種：有意識的和下意識的。

前者的目標很明確，他們會很有毅力且很用心去貫徹始終。這種人包括了歷史上的偉大領袖，或工業界和商業界的龍頭鉅子。

他們會不斷找尋能壯大自己版圖的機會。

反觀下意識的夢想家，一開始的目標從來就不遠大，最後卻無心插柳柳成蔭。說穿了，這些人改善了世界，但那並不是他們的本意。這往往是一些探險家、發現家或發明家。

不過，在這種特定情況下，機運有可能成為一種詛咒。

你想必一定知道，哥倫布當初是想找尋一條通往印度的捷徑，他的本意並不是要發現一座新大陸。一直到人生的尾聲，他都仍下意識地不相信自己踏上了一塊新土地，就算有很多其他航海家開始心存質疑也一樣。哥倫布始終忠於自己的初衷。相傳在他無數遠航的某一次，在探索了那座後來被命名為古巴的島嶼後，他逼迫全體船員當著公證人的面發誓那座島是中國。

關於香檳酒的源起，流傳的版本眾多，其中之一說有位名叫皮耶・裴里儂的本篤會修道士，他原本想釀製一款白葡萄酒討好法國宮廷諸臣。可是，他所在的地區氣候寒冷，發酵需要長達兩季的時間，因此風味不佳。要是還不到時候就硬把酒液裝瓶，會導致碳酸酐酶形成。據說裴里儂終其一生都想盡辦法要消除這些後來讓他聲名大噪的微小氣泡，因為他認為它們是不可接受的失誤。

德國物理學家倫琴當初是想進一步研究同事歐根．哥斯坦所發現的陰極射線。由於他有色盲，因此不得不讓實驗室內保持漆黑。拜這漆黑所賜，他注意到一片奇特的微弱螢光，他的手掌也碰巧在照相底板上顯影。但這張照片很特別，只看得到手掌的骨骼。基於道德倫理的理由，倫琴一向堅持不肯居功，他認為這項發現只是更精進別人的研究而已。他把這射線稱為「X射線」，指「未知」的意思。

這些人士都是下意識夢想家大家族的代表。命運給予他們的酬賞，遠出乎他們原本的意料，伴隨著成功而來的責任，令他們感到不堪負荷。

達戴梅爾所遇到的，正屬這種情形。

這位音樂發明家打消了輕生念頭，開始埋首投入自己的夢想。歷經數個月的嘔心瀝血後，他研發出一款前所未見的全新樂器：瓦斯雙簧管。

他向發明界和樂壇大張旗鼓發表自己的最新發明。但他一如往常遭到鄙視，被迫吞下他早已再熟悉不過的訕笑。他不屈不撓，把自己的樂器設計圖一舉遞交到專利局。

過了幾個月，他收到來自政府戰爭部的會面通知。

達戴梅爾是個斯文又膽怯的人，通常和軍武沾不上邊。他很納悶自己為什麼會被召見。他整夜輾轉難眠，在床上翻來覆去苦思，仍想不出個所以然。

隔天上午，他準時赴約。

他隨著一名年輕軍人走在戰爭部大樓的長廊裡，並用目光掃視著刻意用來讓訪客生畏的挑高天花板，以及許多戰役場面的畫作和壁毯。這麼多暴力的畫面看得他瞠目結舌，他就在這種狀態下被帶進一間大廳。在大廳的最後方，有一位將軍坐在辦公桌前。迎接達戴梅爾的是一口黃牙的笑容，和一把熱情的握手。

「恭喜。」將軍說。

「謝謝。但為什麼要恭喜呢？」

「恭喜你榮獲專利。」

這是破天荒頭一遭有人對他的作品感興趣，但很奇怪，達戴梅爾高興不起來。緊接著是將軍對發明人達戴梅爾和他專利作品的一連串讚美。然後又是長篇大論講著國民對國家盡義務有多麼重要。最後，他滔滔不絕論述了萬一國民在做抉擇時缺乏了盡義務的基本觀念，後果將有多麼不堪設想。

「我們現在不是在談音樂，對不對？」達戴梅爾一頭霧水問。

「當然不是。」將軍回答的語氣很真摯。

達戴梅爾不知該如何反應。他思索了一會兒，審慎斟酌字句後說：

「請問依您所知，我的發明作品是什麼？」

「是火焰噴射器。」

「是瓦斯雙簧管才對。」

「不是，是火焰噴射器。」將軍帶著堅定的笑容又說了一次。

「我重申：是瓦斯雙簧管。」

「才不是：是火焰噴射器。」

他們就這樣僵持了十五分鐘。將軍隨即告訴他，戰爭部打算付出一筆天價，向他買下這雙簧管火焰噴射器的專利——他們最後決定折衷這樣稱呼它，起碼兩人在命名上不用再爭執不休。

面對這出乎意料的提議，達戴梅爾猶豫了，後來妥協了。幾個月後，這個樂器被用在一場戰役中，且順利奪勝。

得知這個消息後，達戴梅爾整個人既氣餒又沮喪。他變得有錢以後，再也沒有誰嘲笑他，但他也發明不出能發出新聲音的樂器了。

他的生活成了一片令人無法承受的死寂。

他費了將近一年的時間，才又找到在懸崖邊那個讓他打消尋短念頭而重新振作的年輕人。當時，那個年輕人已窮困潦倒，勉強棲身在波蘭華沙的一家二流客棧裡，成天忙著講高山的故事給一群酒鬼觀眾聽。他變得只能抽一些用既厚且粗的菸紙所捲成的菸草碎渣。

「喏，這都是你的了。」他把自己身上所有的錢放到那年輕人面前。「我不想要了。」

古茲曼先是懷疑這一切是否為真，還是只是他自己飢餓得起了幻覺，接著他問他為什麼要這樣，達戴梅爾說，他想找回自己昔日的夢想，就算今生無緣實現也在所不惜。

古茲曼表示自己不配擁有這筆錢，因為自己其實什麼也沒做，但音樂家達戴梅爾回說他把古茲曼視為合夥人。因為，有時候，對於我們想成就的事情，不見得需要有人資助金錢或分擔風險。有時候，只要有人信得過我們，就已足矣。

然而，古茲曼仍需要問個徹底。

「所以你這麼做，不是因為良心不安，不是因為你的發明導致了那麼人死傷？」

「在道德上，我並沒有任何過錯，而且那方面的事，我也不是很在意。」達戴梅爾一派天真且不帶憐憫地坦言。「再說，我想，就算沒有雙簧管火焰噴射器，那些軍人仍會想出其他手段自相殘殺吧。」

「所以到底為什麼要這麼做呢？」

「因為你非繼續講故事不可。包括我的故事在內。要是你會因為收下這筆錢而感到不安，就把它當作是一種贊助金吧。」

兩人都沒再多說什麼。古茲曼把錢收下了，達戴梅爾繼續過他的日子，兩人就此各奔東西。兩人日後將會再見最後一次面，但此刻兩人都還不知道。

古茲曼即將墜入愛河。

23

凡事都只做一回。僅此一回。

這就是古茲曼的座右銘。而選定了這條座右銘的他呢，也勇敢地時時恪守。

凡事都只做一回。僅此一回。

同一款菸草，他從來不抽兩回，同一座山岳，他從來不二度造訪。

凡事都只做一回。僅此一回。

古茲曼將只活這一回，也將只死這一次。他將只愛一回，獨鍾一個女人。

他在全世上唯一合情合理的地方邂逅了她。這個世紀初的巴黎，是一座歡樂的都市，它很想把自己這種心情讓全天下的人都知道。二十世紀一開始就好兆頭連連，人們都很幸福快樂，沒人料到會爆發戰事。當時感覺這會是一段天下太平且欣欣向榮的年代。而古茲曼人就在巴黎……

就在這時候，巴黎在雅各．胡曼眼前爆炸了。艾菲爾鐵塔、凱旋門和聖母院通通被炸得粉碎。爆炸聲太過劇烈，一度什麼其他聲音也聽不見了。雅各．胡曼在一片漆黑中，倒臥在地上。過了幾秒，他才回過神來，而且發現自己還活著。

重新又有了亮光，但不是來自煤油燈，煤油燈已掉到岩石地面上摔碎了。是那俘虜劃了一根火柴。他們彼此互看了一眼，但已足以得知兩人都安然無恙。

雅各．胡曼趕緊衝到山洞外察看。

24

他耳鳴了，有許多銀色小星星在他眼前跳舞。外頭，只見眾人四處奔逃。雅各．胡曼試著釐清他們是從哪裡跑來，又想往何處奔去。大多人純粹是驚慌失措亂跑逃命。

他一把揪住一個眼神如孩童般驚恐的大兵的袖口，把他拉向自己。

「怎麼回事？」

「山頭爆炸了。」

「哪裡？」

「那邊。」他舉起顫抖不已的手臂指道。

雅各．胡曼放開了他，然後融入朝那個方向而去的人流。他聽到喊叫聲和哭泣聲。大兵們在戰壕狹窄的通道裡互相撞成一團，彷彿有看不見的敵人在追殺他們，他們大喊著：「我們遭到攻擊了！」

槍響如回應般此起彼落，隨即消散在暗夜中。軍醫雅各．胡曼如失神般行走在兵荒馬亂的一片絕望之中。在黑暗裡，他腳下踩到好幾具遺體。

他非往前走不可，不能停下來，不然他一定會在混亂人群中被踐踏致死，躺在腳下的那些人想必就是因此喪命。一聞到那味道，他就明白剛才發生了什麼事。是瓦斯味。

他從錯愕愣在原地觀看的群眾中，擠出一條路來。他看到了他們每個人都正在盯著看的景象。屍塊支離破碎，血肉模糊，好幾人的軀體被火焰燒得黏在一起。遺體的頭部和四肢向後折，身軀被向上炸拋時向前挺出——都皺巴巴的宛如枯葉。

沒有任何哀號，沒有任何呻吟。沒有人央求他救治。雅各·胡曼了解到自己在這裡毫無用武之地，這次，死神不需要他。

所以也沒有什麼內容能記錄在他那本黑色封面的一九一六年行事曆小札裡。時間上來不及，一切都發生得太快了。瓦斯、一絲火花，緊接著就是燒光了一切的大爆炸——燒光了氧氣、物品和人員——就在那爆燃的一瞬之間。

在遇難者之中，他認出了指揮官的副官。他的臉有一半都被大火吞噬掉了——簡直像一場瘋狂嘉年華會的誇張面具。有一隻手放在他僅存的一隻眼睛上，替他闔上了眼皮。雅各·胡曼稍微側過身去，想看看是誰擔起了這個感傷的任務，結果發現，跪在他前方的，正是指揮官本人。他想都沒想到，指揮官竟也能展現出這麼細膩的一面。

然後指揮官站起來，要求中士下令不許再開槍。義大利人並沒有發動攻擊。完全是一場意外：有一支火焰噴射器爆炸了。

雅各・胡曼思索著這匪夷所思的巧合。他並不知道達戴梅爾是否真的就是這種奪命工具的發明者——事實上，他內心一直持保留態度。不論如何，他覺得最怪的是人類——大自然中唯一一種具備生命意識的動物——竟然老是千方百計要自相殘殺。

「聽到指揮官說的話了沒？快停火！」中士大吼。「這是一場意外。有火焰噴射器爆炸了。」

「你錯了。」雅各・胡曼的音量太低，沒人聽見。「那是瓦斯雙簧管才對。」

25

凌晨一點，雅各．胡曼帶著一盞新的煤油燈回到山洞裡。他掀開簾幔，照亮洞內，發現有個站崗的大兵兇性大發，正用步槍的槍柄痛毆那俘虜。

「住手，住手！」

他抓住大兵的肩膀，把大兵架開。

「這個間諜偷看你的札記本。」大兵氣喘吁吁為自己辯解，一面給他看那本黑色封面的一九一六年行事曆手札。

雅各．胡曼不予理會，而是關切俘虜的狀況。

「你還好嗎？」

「還好。你呢？」

雅各．胡曼發現他臉頰上有一處劃傷，恐怕就快腫起來了。他轉向大兵，把自己的手帕遞給大兵。

「你出去，包一些乾淨的雪回來。」

大兵嘟噥了幾句，但雅各．胡曼狠狠瞪了他一眼，瞪完後自己幾乎感到慚愧了。他實在很不想爭辯——尤其是這一個鐘頭以來，才剛經歷了那慘不忍睹的景象，忙著用手術刀分割那些糾結在一起的遺體，和撿拾散落的屍塊。

過了一會兒，現場只剩下他們兩人以後，雅各．胡曼用包著雪霜的手帕，輕輕敷按俘虜的臉頰。

「抱歉，我不該偷看你的手札。」義大利俘虜懊悔地說。

「手札想必是我被爆炸震倒在地上時掉落的。反正裡面也沒有什麼重要的內容。」

「不，一定很重要。不然你就不會這麼仔細用心天天記錄每一頁了。還有，你用來當書籤的那張紙花……它是什麼來頭呢？」

雅各．胡曼伸手拉俘虜的手，讓俘虜自己扶住遮去了他半邊臉孔的冰敷包。

「要用力壓住。」

然後雅各．胡曼拿起手札，把它放到桌面煤油燈的光暈下。

「哪一頁？」

「好比說最後一頁嘍。」

雅各．胡曼把手札翻到四月十四日，也就是紙花所在的位置。

「你自己看看吧。」他說，並把手札遞給俘虜。

「凌晨四點二十五分。一般大兵：『媽媽。』」

「他是遭槍傷。」雅各．胡曼特別強調，接著又說：「傷勢非常嚴重。他要我握住他的手。很年輕，太年輕了。他喊著媽媽，然後就斷了氣。」

義大利俘虜漸漸看出端倪了，他繼續唸：

「上午十點二十六分。軍官：『沒有雪了。』」

「他大量失血，最後因為失血而失明了。他的雙眼至少一個鐘頭前在雪地裡就失去視覺能力了，但他仍渾然不覺。一直到臨走之際，他才發現。」

「下午四點十二分。一般大兵：『到此為止了。』」

「鉛中毒，但我沒能把子彈全數取出來。他問我：『醫師，我到此為止了？』我沒答話。過了一會兒，他自己回答了自己。是一種漠然的宣告：『到此為止了。』」

「晚上八點零七分。一般大兵：『出現了。』」

「我當時覺得很震撼。彷彿他看到了什麼。有時候確實會這樣。人離世的時刻有東西出現，不知是有意識的，還是一種慰藉。」

「最後，晚上十點二十七分。士官：『一條毛毯。』」

「他覺得冷，就這麼簡單。這就是他最後的心願。」

俘虜開始把手札往回翻閱，一面驚呼連連。

「你竟然在蒐集臨終者的遺言。不可思議。」

「是呀。」雅各．胡曼坦言。

「每天都有一串，太不可置信了。你希望從中獲得什麼？來自上帝的訊息？」

「我一開始確實是這麼希望。」

俘虜抬起頭，望著雅各．胡曼。

「我還不至於那麼瘋啦。」雅各．胡曼帶著一絲笑意擔保。「戰爭剛爆發時，每當事後想不起一些姓名和臉孔，我就感到很罪惡。我心想：這些都是一條條的人命耶！我有義務起碼記錄下他們臨終時的情景。但他們人數實在太多了。儘管如此，我仍不願意讓漠然的態度變成一種習慣。因為在戰爭中最糟糕的事，比死亡還糟糕的事，就是這種對死亡習以為常的心態……」

「我懂。」

「但後來，我發現了一件事。這是偶然發生的，從那之後，我就開始記錄過世者最後的遺言。」

「你發現了什麼事？」俘虜忽然心生好奇，不禁問。

「翻回你剛才唸的那一頁吧，四月十四日的那一頁。」

義大利俘虜翻到插著紙花的那一頁。

「現在請從頭開始唸，不重要的部分一概略過。只要唸臨終者的遺言就好，連續一直唸，別中斷。」

「媽媽——沒有雪了——到此為止了——出現了——一條毛毯。」

兩人之間升起一片無聲的祥和感。這些字句在他們腦海裡漂浮了片刻，隨即如香菸雲霧般散去。義大利俘虜看到軍醫雅各．胡曼的嘴角浮現一抹淡淡笑容，他似乎心滿意足。

「凡事之間都隱藏著美感。」雅各．胡曼說。「哪怕是最醜惡的事物也一樣。」

這句評論已屬多餘。俘虜把紙花放回原位，闔上手札。

雅各．胡曼的眼神變得閃閃發光。「既然你現在已經知道了我的秘密，拜託你也告訴我古茲曼的秘密吧……他唯一愛上的女人是誰？」

26

有一件事，古茲曼從來沒做過。「我從來沒有命名過任何一座山。」他不止一次這麼對我說。

他對這件事感到很懊悔。二十世紀初，世人以為人類已經把地球上的各個角落都探索殆盡了，因此古茲曼如願的機會相當渺茫。

然而，他即將必須替一個比山巒還難命名的東西命名：女人。

他初次見到她時，她正漫步在凱撒・麗思替富裕闊綽又品味絕佳的巴黎人所量身打造的宏偉大飯店裡。

古茲曼當時正在講自己的一則故事，啜飲著一杯苦艾酒的同時，一面在吸菸室裡品味著一根上等的皇家雪茄。她的身影從霧面玻璃窗後面一閃而過；她正和兩位女性友人有說有笑。古茲曼頓時說不出話——他從來沒有這個樣子過。

有些女人用自己的美貌作為勒索的本錢。不論用什麼方法得到了她們，她們永遠都不會完全付出真心。她卻不是這樣。她把優雅氣質如衣裳般穿在身上，絲毫不在意這樣對別人會產生什麼影響。從他注意到她的那一刻起，古茲曼就知道，要是得不到她，他永遠都會覺得悵然若失。

他當時所不知道的是，這幾個星期以來，整個巴黎都對這位神秘的年輕女子議論紛紛。時尚餐廳、戲劇院和某些咖啡館，都有她的倩影。僅知道她芳齡二十上下，是西班牙大使的千金，而且身旁總是由相同的友人伴隨——兩位從馬德里來和她作伴的年輕女子。

「只知道這樣而已？」古茲曼問。

「對，就只有這樣而已。」別人這麼告訴他。

在上流社交沙龍裡，眾人紛紛玩起猜名字的遊戲，彷彿是一種新的桌上遊戲。古茲曼試圖進一步探究後，發現是這位年輕女子刻意讓自己的身分保持神秘。她釋放出假消息又捏造姓名，並以此為樂——她的兩位好友當然也幫忙敲邊鼓。

可想而知，巴黎最帥氣又有魅力的一些追求者，爭先恐後想贏得美人芳心。不過，他們這是君子之爭，彼此都同意立下一條規矩：不論是誰，最先打聽出美人名字的人，就能優先向她展開追求。

由於她是唯一知道答案的人，他們搭訕時只好天馬行空亂猜一通。有許多年輕人躍躍欲試，卻都鎩羽而歸。

某次在俱樂部的晚會上，古茲曼忽然表示自己也想試試運氣。他還說自己有絕對的勝算。

一聽到這消息，在場的人多半不動聲色嗤之以鼻，也有少數人掩面竊笑。大家都很喜歡古茲曼，但沒有人願意相信這個長相醜陋的小夥子能有半點成功的機會。

就算命運使然，讓他真的猜出了那位年輕女子的名字，他也不太可能抱得美人歸。然而，沒有人向他道破。他的朋友們反而鼓勵他勇往直前，如果最後能夠嘲笑他的慘敗也不錯嘛。

「好，親愛的朋友。」某人說。「我們會助你一臂之力：我們就先暫停追求她一段時日，姑且說，五個月吧，直到五個月後西班牙大使館晚間的盛大舞會為止。當天晚上，你將有機會單獨親近她。」

古茲曼以為朋友們都很真誠，便不疑有他，接受了這項協議。他們很多人都一再說，這並不是什麼惡意，而是為了公平起見。因為一定要讓古茲曼為了自己的自大而付出代價，這樣才公平——他這樣才能記取教訓。

他並沒有察覺到別人的狡詐，或完全沒放在心上。他另有別的事要操心。他必須擬定一套計畫，而且只剩五個月可付諸實現。

27

為了讓那年輕女子愛上他，他必須先釐清到底什麼是愛情。這種自古以來就讓天地運轉的感情，精髓到底為何。

但他要是詢問男人，只會得到男人的觀點。而要是詢問女人，也只會得到女性的看法。不論是哪種情形，都只是片面的版本，對他沒有助益。

因此他轉向這世上兩種答案均握有的唯一一人，這個人既不是男人，也不是女人——或該說這個人兩者皆是。

那就是全馬賽最知名的陰陽人李夫人。

她依然經營著洗衣廠，依然忙於讓街坊鄰里的衣物——以及他們的名聲——保持潔白無瑕。古茲曼再次踏入這座霧氣騰騰的大本營時，自己彷彿又回到十二歲。什麼都沒變：不論是讓這座地獄多了一分柔和及謎樣氣息的濃郁重味蒸氣，或是他少時把玩上流社會某些仕女內衣時自己下體的飄飄然感受，都和昔日一模一樣。

儘管本身已步入成人的感官世界，他仍隱約感到自己將有新發現。

洗衣廠的老闆李夫人於兩個竹子簾幔間現身了。她簡直不像在行走，更像凌波微步的飄移。古茲曼注意到她一點也沒變老。她依然藉由厚重的脂粉掩飾自己的細鬚，但白色的細毛在厚厚的脂粉下比較不顯眼，因此她看起來完全就是個女人。

李夫人一眼就認出了他，但她不動聲色。

「請問有何貴幹？」

於是古茲曼從大衣口袋掏出一條女性內褲。

「它帶著我一路來到妳的內院。」

李夫人沒回應。

「小內褲很不安分。」古茲曼說。「但它們會再回來。它們總是會再回來。」

李夫人依然保持沉默。

「襯衫比較有教養。護腿太害羞了。上過漿的領口……」

「則太懶惰了。」李夫人把句子接完。「你來做什麼？想找打雜的差事？」

「這次可不只如此……我想要知道什麼是愛情。」

「為什麼想要知道？」

「為了贏得一個女人的芳心。」

「你想要佔有她的心？」

「不想，我父親告訴我，如果愛一個人，意圖佔有這個人就是最大的過錯。我只希望她能把心借給我。」

「她美嗎？」

「非常美。」

李夫人仔細打量他，等著看他有什麼反應。

「古茲曼，你也知道自己長得很醜，對吧？」

這是頭一次有人當著他的面說這種話，但他並未氣餒。

「這點小事會降低我成功的機會嗎？」

「確實不會。」

他感到安心了。於是李夫人在其中一個石砌水槽邊坐下來，把雙手放在他的膝蓋上。

「如果想解開你這個疑問，你必須進行一趟長途旅行。你覺得自己能勝任嗎？」

「我以前遊歷過很多地方，這沒問題。我該去哪裡呢？」

「中國南方的一處山谷，在雲南省，居住著一支很古老的民族。只要你去到那裡，就能找到你想要找的東西。」

「為什麼？那個山谷怎麼了？」

「每年一到春天，那裡的山巒會唱歌。」

28

他長途跋涉了千萬公里，費時三十五天才抵達目的地——又耗費了一樣多的時間返回，但距離西班牙大使館的盛大舞會，仍有將近三個月。

李夫人所說的山谷，深藏在偏僻的山裡。那裡住著一支很古老的苗族民族——也有人稱他們為蒙人（Hmong）。他們世世代代居在這裡，遺世獨立。由於與世隔離，未受外來入侵者的殘害和現代化進步的紛擾，這裡的居民依然保有古老習俗。

古茲曼騎著馬，穿越一處狹窄的山口。這裡很幽暗，因為日光無法順著山壁照射到這麼深的谷裡。

通過了一處峽口後，一片綠油油的谷地，忽然在山岳之間乍現。陪古茲曼一路走來的中國嚮導，指了指眼前的這塊地方，他臉上這表情在各種文化裡都代表相同的意思：「到了，就是這裡。」

時值春季，整片景致的色彩宛如綠寶石。

古茲曼決定好好慶祝這一刻，正準備抽菸。但他忽然停下動作，火柴距離菸頭只剩幾公釐而已。他被一陣歌聲給分心了——迷住了。

既高亢又憂鬱。這聲音既清亮又急促。它來自他左方的其中一座山。它宛如一條無形溪流，沿著山脊潺潺流下，回音反彈騰跳，在山谷間蔓延開來，沒有任何障礙能阻止它那渾然天成的流動。

這歌聲來得突然，也突兀地戛然而止。

有那麼幾秒之間，只剩一片全然的靜謐，接著另一座山——位在古茲曼的右側——以迥然不同的另一首歌謠有所回應——既緩慢又令人心痛——這歌謠的音符非常尖銳，不斷上揚後，又如一陣水晶雨般墜落地面。

無從辨別歌謠是何種語言。不過，任誰都能猜出歌中的意涵：是一首情歌。

古茲曼駕馬朝平原上最近的村莊而去。一路上和抵達時，都持續聽到許多其他不同的歌聲。當地村民好奇地打量他，但沒人敢接近這個陌生人。

於是古茲曼向所遇到的在地人問是否有誰能聽得懂他說的話。他把這句話用自己所會的各種語言都說過一輪。最後終於有一位耆老用法語回答了他。

這位耆老名叫齊紹保。他兩手皮膚粗糙，有著一雙看不出年齡的眼眸。

古茲曼向他問起山上傳來的那些歌聲。齊紹保很高興有人問起，因為如今山谷裡大家都早已知道歌聲的典故，再也沒有誰會詢問他。古茲曼再次發現，只要讓一個人有說故事的機會，就足以讓這個人感到快樂。

齊紹保說，每年開春，村裡的小夥子就會上山，唱歌給自己決定鍾愛一生的女孩聽。唯有聽到心上人也唱歌回應了，他們才會下山。

「有時候，他們會一直唱到夏末。很多人再也沒下山，就這麼在山上自生自滅。與其說是因為未能打開心上人的心扉而感到丟臉，更是因為他們體認到，倘若後半輩子不能與她相守，那麼活著也是枉然。」

小夥子用盡整個冬天精進自己的歌藝，費心挑選歌詞與旋律。

「他們會把女孩的名字寫進歌詞裡。而女孩當然不知道是誰在為她歌唱。在其他民族部落，擇偶的方式不一樣。」看到古茲曼一臉困惑，耆老齊紹保補充說：「他們是衡量其他長處：長相、體重、家產等等。但我們雲南蒙人呀，我們是透過唱歌尋覓另一半。外表長相不打緊，重要的是對方要會唱歌，因為這代表他或她有能力表達自己的感情。太俊太美的人只愛自己。」他睿智地說。

最後這句結論彷彿為古茲曼注入一劑強心針。

這時，他看到一個年輕女子正在倒出水桶裡的水。做這件事時，她閉著雙眼，一面低聲跟著吟唱此刻迴盪在山裡的那首歌謠。古茲曼感到一股殊榮，因為他成了得知她答覆的第一人。

她首肯了。

「我明白了。」他對耆老齊紹保說。「現在我該走了。你們這裡的山，每一座都已經有名字了嗎？」他上馬前問。

「是的。」齊紹保答。

「可惜了。」

他一刻也不耽擱——連稍作歇息也免了——立即又上路。他需要一位音樂家。更確切來說，是需要一位音樂發明家。

29

想要找到達戴梅爾，並不是件簡單的事。古茲曼耗費了彌足珍貴的十九天時間，才在日內瓦發現他的蹤跡——當時他正在把自己的最新發明，推銷給一位劇場經理。

「你這次又發明了什麼呢？」他們一起在火車站喝咖啡時，古茲曼問。

「有馬達的木琴。」

兩人面面相覷，陷入沉默。

「我需要你幫忙。」古茲曼隨即說。

他向他說起那神秘年輕女子和盛大舞會的事，也說了他對她的情感，儘管他並不認識她，也不曾和她說過話。

「說不定她只是空有美貌而已。」達戴梅爾表示。「說不定她很笨。你有想過這種事嗎？所以何必這麼大費周章呢？」

他說這些話，並不是為了澆古茲曼冷水。身為真心朋友，他只是希望他要切合實際而已。

「正因如此呀，你難道不懂嗎？」古茲曼打斷他。「對男人來說，各種征戰中，最動人的莫過於征服女人的心。我遊走過世界各地，經歷過各種奇遇，認識過各種不可思議的人，但最振奮人心的挑戰原來就近在眼前，雖然成功的機會微乎其微。」

「名字的這件事，你打算怎麼辦？」被說服了的達戴梅爾問。

「我還沒仔細想。等時候到了再來煩惱吧。目前，我需要先做另一件事。」

「我猜你就是為了這件事才找上我吧。到底需要幫你什麼忙呢？」

「一支秘密曲子。」古茲曼雙眼炯炯有神地說，一面回想起在中國深山裡學到的心得。「一段無人知曉的旋律，而且一定要是她從來沒聽過的。因為，仔細想想，沒有什麼能比得上聽到一段新旋律的內心感動。每次的初次聽聞，都感覺像它是特別為我們而寫的一樣。這樣讓我們覺得自己很獨特。我了解到，要是我想得到這個女人，就必須設法讓她感到自己是獨一無二的。」

「那麼你就需要一個既深情又令人心痛的東西。這音樂如注入血液的鴆毒，卻是一種能療癒人心的鴆毒。這旋律本身是一種靈丹妙藥，同時又是一種兇惡詛咒。在手舞足蹈的同時，讓身體和感官融合為一……簡單來說，這種詩意的構成，不是靠字句，而是靠音符。」

「這種音樂，要去哪裡找？」

「去阿根廷。」

「胡曼醫師，指揮官有話想找你談。」

30

他沒聽到他進來的聲音。雅各．胡曼不耐煩地轉向中士。

「現在不方便。」

「我奉命即刻接你過去。」

故事現在正說到節骨眼，千萬不能停在這裡，這個魯莽的中士卻破壞了氣氛。雅各．胡曼向來是個沉著內斂的人，此時此刻他卻想破口大罵。

「等我兩分鐘。」他以盡可能堅決的語氣說。

中士沉默了片刻，兩眼瞪著雅各．胡曼，用眼神作為對峙角力。然後中士轉過身去，先步出了山洞。

「請繼續說吧。」雅各．胡曼囑咐俘虜。「我時間有限。」

「兩分鐘不夠。」

「沒關係。你之後再繼續講給我聽，我只想先知道古茲曼有沒有順利在阿根廷找到那音樂。」

「這趟旅程漫長又艱難，部分原因是他不確定自己找的到底是什麼，也因為阿根廷幅員遼闊。」

「但他還是有找到，對吧？」雅各・胡曼憂心忡忡問。

「我只能說，他在最後關頭趕回來，及時出席了西班牙大使館的盛大舞會。他在前一晚返抵巴黎，但依然不知道那年輕女子的名字。」

雅各・胡曼很想知道後續發展，但他瞥了懷錶一眼，然後搖搖頭。

「我並不想囫圇吞棗聽後續，同時還要掛心指揮官在等我。這故事請你留待之後再繼續講吧。」

「醫師，就依你吧。」俘虜微笑說。「反正我就在這裡，哪兒也不去。」

31

一路上，雅各．胡曼的心情非常惡劣。他見到指揮官時，指揮官躺在行軍床上，兩腳放在一箱彈藥櫃上。他正用一把刀子的刀尖修整指甲。雅各．胡曼在距離他兩公尺處停下腳步。

「終於來啦？」他說的時候，連頭也沒抬。「現在竟然連我的命令也敢討價還價了？」

「屬下不敢。」

「召你來，就該隨傳隨到。」他說話時的從容悠哉，聽得令人生氣，他語氣中沒有絲毫的急迫感。

「要我向您報告嗎？」

「我決定解除你的這項任務。」指揮官大手一揮，表示免了。

雅各．胡曼愣了好一會兒。

「可是……您都還不知道——」

「不重要了。」指揮官打斷他。「你能套出什麼情報都無所謂了。反正不論如何，我們向義大利人的提議都不會變：用那俘虜交換中校。假如那俘虜真的是軍官，他們一定會答應。」

雅各．胡曼很高興，因為這確實是個好主意，那義大利俘虜的性命也得以保住了。但他還有另一層感受：不是失望，而是某種感傷。彷彿必須向一位摯友道別。雖然也知道天下無不散的筵席，但分離畢竟令人不捨。憂傷之情，溢於言表。指揮官似乎也察覺了，因為他接著在他傷口上撒鹽。

「我天亮前就會派人把我方的提議告知對方。當然，前提是他們也願意贖回他們的人馬。我向來認為他們比較低等——他們的王室比較低等，他們的種族、他們的歷史也都是。不過，見到他們的年輕大兵衝上我們的火線後，我改觀了。你可知道，他們是用什麼方法激發出這麼旺盛的鬥志嗎？」

雅各．胡曼搖搖頭，但並不感到好奇：他深信答案一定令人很不舒服，還是寧可別聽了。

「進攻前，軍官們會朝兩三個士兵的腦袋開槍——不見得挑懦弱的人，而是隨機挑選。這用意很清楚：絕不留情。沒有誰能打退堂鼓。唯一的出路就是把敵軍擊潰。很厲害吧，你不覺得嗎？」

如果能開口，雅各．胡曼很想要說，這樣實在很可憎。但他沉默不語。一股苦澀的感覺令他口乾舌燥。

「醫師，多謝你的配合。既然現在不需要再去套那義大利俘虜的話，你可以回去忙原本的勤務了。」

「是，長官。」

他敬完禮，準備離去，但指揮官又叫住他。

「我知道你很想衣錦還鄉……為了你妻子的事，和為了你的聲譽……不過，我以朋友的名義奉勸你，這種女人不值得你費神，連鄙視她都是多餘。」

雅各．胡曼很想冷冷回說他們兩人並非朋友，他一點也沒興趣聽他的評論或勸告，這類內心話更是大可不必了。但他僅轉身離去，並因此感到羞愧。

32

他連一聲再見都沒跟他說。

雅各·胡曼躺在自己用麥稈和麻布鋪成的床墊上。一年多來，在孚莫山上，這床墊就是他的小窩。他不斷懊悔想著，自己恐怕再也見不到那俘虜了。

戰壕裡太吵，他遲遲無法成眠。每個人肩並肩擠在一起，活像廄棚裡的牲畜，不得不共同呼吸著各種噁心的臭味。毫無逃離的可能。不得不忍受彼此，互相貼疊，以免失溫，以免在風雨交加的夜裡凍死。

這依偎是一種不得已，說穿了其實是自力救濟。

同袍之間才不會變得像兄弟一樣，唯有一起感到恐懼——不僅是對死亡的恐懼，也有對仍活在人世的恐懼——彼此間才會形成堅不可摧的情誼。雅各·胡曼曾觀察其他大兵，並從他們的眼神中看到敵意——有怨恨、有猜忌，也有對於別人多獲得一塊麵包的羨慕之意。

他們所教我們的是仇恨。他們要我們表現出的是仇恨。因為人就是靠仇恨，才能從戰亂中生還。

也或許什麼都不是真的。或許錯誤和異常的，是他。

他究竟是個什麼樣的人呢？為什麼要這樣無謂地東想西想呢？他感到很沮喪。這樣的結局，他本該感到欣慰，畢竟那義大利俘虜保住一命了。然而他仍高興不起來。他心想，我才是自私的人。

這不是因為他永遠無法得知故事的結局，而是因為他認定自己儼然已經成為了那個故事的一部分。這是他的一種權利，卻很不公平地被剝奪了。然而，這並不是，也永遠不會是他的故事。它屬於別人。最起碼就屬於古茲曼。這下，雅各．胡曼覺得自己成了個可悲的戰地落魄醫師。他是個粗劣又不完美的丈夫，妻子才會決定另找男人取代他……他陷入沉思。就是因為這樣，他才覺得心頭如有千千結。

永遠不可能有人會想要講雅各．胡曼的故事。

天上烏雲散去，星星出現了。雲層後方的天空很皎潔。冰川發出一陣神秘的聲音——像來自深水的咕嚕聲。宛如一片受到了月亮牽制而靜止的大海。有時候，能聽到它顫抖或發出清脆的聲響。簡直會以為它有呼吸——像一頭被冰凍了好幾世紀的猛獸。

在這個少有而稍縱即逝的寧靜祥和時刻，雅各．胡曼忽然發現自己變老了。轉眼間，子時已過，緊接而來的是又一次生日——這是他這輩子最感傷的一次生日。

他硬逼自己回想妻子，和某次偕她共度的幸福時光。那其實是他的故事。就算沒有人講這個故事，仍是一段人生的故事。是他的人生。

他想起藏在行事曆手札泛黃頁面裡的那張紙花。他把它珍藏在那裡面，因為他深信，藉由這種方式，讓它時時躍入眼簾，他才有辦法淡忘。然而他心想，沒有誰有遺忘的權利。他也不例外。

雅各．胡曼從來沒有雄心壯志想替哪座山岳取名字。話雖如此，他此生最大的遺憾，終將和一位美妙的女子有關。

多年前，她曾向他許下諾言。然而，一如她在分手信中所寫道的，有時承諾反而使人心頭沉重。

33

醫學系剛畢業後，雅各曾任職於維也納綜合醫院。有一位大老讓他當自己的助手，但天下沒有白吃的午餐，這位大老經常肆無忌憚要求他在極不合理的時段超時值班。雅各從來沒有在半夜前下班過，每天早上五點就起床了。

他每次抵達醫院或離開醫院前，都會經過住院醫師們專用的小休息室。它也不過就是個更衣間，多加了兩張磨損的皮革沙發，和一座用來煮茶的煤炭爐而已。牆面上釘有兩排掛衣鉤。每個人都有自己專屬的掛鉤，下班後可以用來掛自己的白袍——掛鉤的分配不是硬性規定的，而是久而久之約定俗成。

某天早上，仍睡眼惺忪的他，披上自己的白袍，下意識把雙手插入口袋裡。他摸到一個既細緻又凹凸不平的東西。他永遠不會忘記這細小的觸感——每場奇遇一開始總是這樣細微得讓人渾然不覺，他日後這麼想著。

他把手從口袋掏出來，發現是一朵用報紙摺成的雪絨花。

他驚訝得說不出話來，很納悶它怎會出現在這裡。他一度很想把這奇怪的東西丟掉，最後還是決定先留著。

白天一整天，他把它拋到腦後。下班時，他已忘了它的存在。一如往常，他脫下白袍，換上便服大衣，返回家裡。

隔天早上，相同的流程又來一次，但就在按照慣例把手插進口袋的前一刻，也不知為何，他忽然想起了昨天發生的事。基於某種第六感，他把手指伸入隔層，摸到了一個東西。又有一張紙花。是朵鬱金香。

這次，他感到非常震驚。他把花瓣打開，發現這次不是報紙了，而是一本書的第一頁。這是一些八音節的押韻辭句。他不記得這首詩詞的題名，但幾年前念高中時，他曾經讀過。這詩詞寫得非常優美，卻令他感到相當不自在。

這種感覺──困惑中夾雜著興奮──一天下來，數度襲捲他心頭，猶如一種逗弄。他終於想起來了：這些字句出自阿里奧斯托的〈瘋狂的羅蘭〉，而昨天那張紙花裡的字句，則是莎士比亞的手筆。雅各是個生性務實的年輕人，對這種風花雪月興趣缺缺：他當作沒有這回事。晚上，他披上自己的便衣大衣，懷著一絲忐忑，把白袍掛回平常的掛鉤上。

隔天一早，等待著他的是一朵百合，內藏著里歐帕迪的〈無限〉。

儘管雅各極其渴望紙花再次出現，但見到了它，他又悶悶不樂。夜裡，悲觀的感覺縈繞他內心，他深信這一定是那些前輩同事的惡作劇，一定是他們在捉弄新人。此時此刻，在那擠滿了住院醫師的小小休息室裡，想必有人正在嘲笑他。於是，他沒多看四周一眼，索性把那朵百合丟掉，看似若無其事，動作卻十分明顯，好讓在場的人都能注意到。

二十四小時後，口袋裡出現的不是第四張紙花，而是他所丟掉的那朵百合。它有點皺損，但有人已經把它盡量修復了。

而且這個人不甘被漠視。

雅各不喜歡謎團，尤其這謎團還把他耍得團團轉。因此他開始想辦法要毀掉這個陌生送花人的計畫。晚上，他刻意最後才離開，但沒把白袍掛在自己平常使用的掛鉤，而是另挑了個沒人使用的掛鉤——他深信這麼一來，就無從區分別人的和他的白袍了。

然而有人仍認出了他的白袍，因為到了第五天，又有一張新紙花在口袋裡等著他。

34

這詩詞紙花的儀式，連續上演了二十七個早上。假如是惡作劇，應該不至於會這麼久。因此，雅各漸漸認為，這事情另有名堂。這輩子頭一次，他覺得自己受到了特殊的對待。有很長一段時間，他一直納悶這幕後的作者究竟是什麼人——打從一開始，他就堅信對方一定是個女人。有可能是某位女病人或某位病人的女性家屬。不過，這個人還必須進得了住院醫師的休息室才行。這個人可以自由進出，而且不會引人側目。這個人能夠從容觀察他的一舉一動，而且不會被認出。

會是其中的一位修女嗎？

這個假設頗誘人，但他把它排除了，因為白天來照顧病患的修女們，晚上十點一到，就會按照她們院長的規定，返回修道院去。然而來他口袋裡留下紙花禮物的人，過了十點仍在醫院裡。

值夜班的護士。

這就是答案，是唯一的可能。每天晚上，護士都會來接替修女值班，直到隔天早上。

到了第二十九天，雅各把白袍掛好後，他在小休息室的一張皮革沙發端坐下來，抱定主意要在這裡過夜，並守候那位紙花女子——他暗自這麼稱呼她。但他太快就睡著了。

早晨，一道從窗戶透進來的琥珀色陽光喚醒了他。他睜開雙眼，發現腿上一如往常，出現了一張紙花——是一朵蘭花。見到這張紙花時，他正想要為了不小心睡著而痛罵自己。

她就站在距離他幾公尺處，穿著一件合身的深色大衣。棕色的頭髮紮成髮髻，上面冠著一頂白色的護士小帽。她雙手交叉抱胸。

「真可憐。」她說。「你沒能抵擋住睡意。但我也知道在這裡工作有多累。」

「妳是誰？」雅各只問了這麼一句。他一時仍摸不清頭緒。

「我也一直納悶，這麼久以來，我每天早上來醫院和每天晚上離開時都會遇到的那個年輕醫師究竟是誰。你從來沒發現，但我們幾乎天天都在醫院的台階上擦身而過，像有約定似的。這是一種事先安排好的巧合。」

「為什麼要弄這些？」雅各問。他不敢問是誰在事先安排這種巧合。

「為了讓你在我還不存在的時候，就不得不一直想著我。」

她達到目的了。

「我一直很想知道妳的名字。」他向她坦言。「妳的長相或外表不重要，我只想知道妳是否真有其人。所以，妳願意告訴我妳的名字嗎？」

她嫣然一笑。

「我叫安妮雅．胡曼。」

她竟然直接讓自己冠上了他的姓氏，把他嚇了一大跳。她彷彿在告訴他：就是我，我就是你的真命天女。

一個星期後，紙花女子成了他的妻子。

*而現在，我卻失去了她，*雅各．胡曼一面想著，手指間一面翻弄著一張皺巴巴的蘭花紙花。他躺在自己的床上，在瀰漫著惡臭的戰壕裡，幻想著這種花的芳香。這就是安妮雅所做到的事情。她在一個理性又置身事外的男人心裡，注入了一個迥然不同之平行世界的端倪，在那個世界裡，紙花具有氣味，而且一首詩的文字足以讓事物具體顯化。起初，他不信這一套。是她帶著他領略了這一切。後來，他沒能阻止另一個男人帶走她。他只能默默承受所發生的事。安妮雅從此一去不回頭了。

「他回來了。」

軍醫雅各．胡曼一時沒認出中士的聲音。

「派去傳話的人回來了。他回報說，義大利人想先知道那俘虜的姓名和軍階，不然不願意救他。」

雅各．胡曼感到自責。他的這位朋友看來還沒脫離險境。他心想會不會是因為他太自私——無論如何都想要知道古茲曼故事的結局——才導致命運這樣改變了。不是，他心想。一如與安妮雅相遇一樣，與那俘虜相遇，也屬於他人生中「事先安排好的巧合」。但這次，他有機會決定命運的走向。

「為什麼特地來告訴我這件事？」他問中士。

「是指揮官叫我來的。」中士一臉尷尬。「他要我——」

「去告訴他，我會繼續審問那俘虜。我們已經白白浪費太多時間了。」

他看了看自己的錶——已經四點多了。

他只剩短短兩小時能說服那俘虜，讓他救他的性命。

35

雅各・胡曼看到那俘虜時，俘虜正在抽菸。對於一個再過幾小時就將遭槍決的人來說，他神情顯得出奇平靜。雅各・胡曼深信他內心自有盤算。這個想法讓他感到寬慰。他終究會告訴我他的姓名，他不斷這麼對自己說。他已經答應過我了。

「你們的指揮官真是個特立獨行的傢伙。」義大利俘虜說。

「他來過？」

「他剛離開。他向我做了個提議。」

「什麼樣的提議？」

「他說，要是我把自己的身分告訴他，和我一起被俘虜的那些大兵也將能保住性命。他說他一定會說到做到。」

「那很好。你為什麼沒答應呢？」因為雅各・胡曼很確定事情結果就是這樣。

俘虜定定凝視著他。

「我為什麼會在這裡？不然你以為我來這裡做什麼？」

雅各・胡曼內心首度感到猶疑。

「醫師，有很多事你都不知情。首先，你們的中校已經身亡了。」

「身亡了？」這消息令他大吃一驚。

「是我們捉到他以後身亡的，他當時已經身負重傷。而你們的指揮官老早就知道這件事了。」俘虜說。

「所以根本不可能談什麼交換。那還派人去傳話……」

「那是虛晃一招。你真的都沒想過，我和我手下的人怎麼會出現在這裡嗎？為什麼我們會被活捉？」

「什麼叫『為什麼』？」雅各．胡曼這一問，無異是坦承自己確實沒想過這個問題。

「我知道你們當時正在南側山腰探路。莫非你們在刺探我們？」

「你難道真的不明白？」義大利俘虜微笑問。

雅各．胡曼並不是參謀官，對某些作戰策略並不知情。最後，他終於想通了。

「你是故意被捉。」

那俘虜並未證實，也沒反駁。

「你們在評估我們的防衛能力。」

「有好幾支小隊測試了你們防線上的其他位點，但僅有我們被捉到。這表示你們有破口。」

「你們即將兵臨城下，他們正在伺機而動，對不對？你為什麼要告訴我這些？難道不怕我向指揮官通報？」

俘虜再度沉默不語。

「指揮官已經知情了。」雅各．胡曼錯愕地得到這個結論。「他卻不打算反擊？」

「你想想嘛：就算他想反擊，又能如何？你們在這裡孤立無援：這裡是奧地利的最後一個前哨站。除了孚莫山外，這裡的山頭你們都已失守了。當然，你們的裝備比較精良，但你們人數不如我們多。」

「那麼指揮官到底在打什麼算盤？我不明白……」

「機會是留給有準備的人。」

「他將利用你和義大利人談條件，用你的性命換取他自己的免死金牌。但為此，他必須先確認你的身分和軍階。」

「而我呢，我打算被槍決，偏不想讓他得逞。」俘虜笑說。

雅各．胡曼感到內心生起一把無名火。

「才怪。你是在拖延時間，因為你知道你們的人馬即將進攻，你們都將獲救。」他非常生氣。「你跟我講的故事只是在聲東擊西！你在耍我！」

「你別激動。」俘虜搖搖頭說。「沒有誰會來救我們。不會那麼快進攻。」他嘆了口氣。「我的手下和我都是準備捐軀的砲灰。你以為義大利人不了解狀況嗎？敵方的大兵會被當成間諜就地槍決，軍官會成為交易籌碼，最後仍能返鄉。」然後他語氣忽然變得堅決。「但今晚、此地和我，都將不會是這樣。接下這個任務的命令時，我就心意已決，所以這不是你的過錯。」

雅各．胡曼明白了他的計畫，內心原先的怒意轉變成絕望。

「可是現在情勢已經不同了。假如你順從指揮官的要求，至少還能保住你那些下屬的性命。」

「一個連自己下屬性命都能出賣的指揮官，這種人難道你信得過？」

雅各．胡曼當下被問得啞口無言。他神情嚴肅了起來。

「我無法接受有任何生命被無謂犧牲，這是我身為醫生的誓言。這你一定能明白，對不對？」

「我明白。」

「那麼我要把你的故事聽完，最後你要依一開始所答應的，把你的姓名和軍階都告訴我。因為，就算你信不過指揮官，我呢，我卻信得過你。先把故事講完，最後要怎麼決定是我說了算。我會減輕你心頭的重擔。」

「你心頭的重擔，又有誰來減輕呢？」

雅各・胡曼並未回答，他改變話題：

「話說古茲曼從阿根廷趕回去，及時出席了西班牙大使館的盛大舞會。」

俘虜點起了一根菸。

36

當時是五月一個極為美好的夜晚。整個巴黎容光煥發。陽光如潮汐般從街頭退去。西班牙大使館的四周洋溢著歡樂氣息。

在這棟樓館的大門口，魚貫抵達的禮車送來賓客，又迅速離去。隔著燈火通明的大窗戶，可以看到宴會廳內絡繹賓客的優雅身影。廳內樂隊的悠揚樂聲十分悅耳，吸引了不少無法參與舞會的群眾聚集在對面人行道上。每個人的目光都滿懷著欣羨之意投向二樓。他們太忙著想像這些猶如神人之賓客的鑲金鍍銀生活，沒有多餘時間懊惱自己無法加入他們的行列。

一如預定，古茲曼於晚間十點左右抵達，這時晚會正進入高潮。他穿著一襲體面亮麗的禮服，現身在大門口。俱樂部那些曾經慫恿他接下挑戰的朋友，一見到了他，紛紛以打趣的眼神互看彼此。這五個月來，他們一直很好奇他的下落。他們以為古茲曼做不到自己當初發下的豪語，因而先躲起來避風頭。但這下他出現了，想必會丟臉丟得很慘，誰也不想錯過這場好戲。

古茲曼面帶微笑，向他們點頭致意，然後以眼神掃視全場。

可想而知，今晚眾人的目光焦點正是大使的千金。這位沒有名字的女孩，吊足了男人們的胃口，也讓巴黎人多了許多茶餘飯後的話題。

她身穿一襲藍色禮服，紮成髻的頭髮上戴著一頂鑽冠。她美極了。

古茲曼觀察了她一會兒。她站在父親身旁，在她面前川流不息的是眾多想邀請她共舞的男士。她禮貌地接受邀請——畢竟身為大使的女兒，不能讓任何人不高興。不過，每和其中一人跳一支舞，她就更顯得感到乏味和不耐煩。這從她僵硬的笑容和無奈的眼神就感覺得出來。

偶爾，她會向那兩位遠從西班牙來陪她的好友尋求慰藉，稍微放鬆一下，拿晚宴上發生的某件小事或某位賓客的奇異舉止來說說笑。

古茲曼倚靠牆邊站著，仔細研究她的一舉一動和各種儀態，試圖理解她的各種心情變化。他在等待最佳的時機到來。

現在太嘈雜，她似乎並未注意到他。話說回來，他也並不是會讓人乍看就眼睛為之一亮的那種人。

與此同時，他的那些朋友從遠處對他指指點點。他們公然嘲笑他，認定他很快就要出糗了。不過古茲曼渾然不覺。

彷彿有無形的裁判示意要他出發似地，古茲曼終於離開了牆邊。他以一個簡單的動作，啟動了一連串不為人知又精密的機制——就像骨牌，每張牌欲罷不能接連倒下，毫無例外。他準備去面見大使千金之際，回頭看了看現場的那些樂師，他們事先已收下酬勞，等時機一到，就必須做他們該做的事。他以自信的步伐走上前去，對於自己要對她說些什麼，早已胸有成竹，儘管根本還不認識這位女子，他已經清楚知道自己一開口會是什麼字眼。

他一面穿越人群走向她，一面在心中複誦著這個字詞。他用嘴巴咬字清晰地默默唸出每個字母。彷彿一個擺在眼前的秘密，人人都唾手可得，就寫在他的唇上——只要一讀就能知曉。但此時此刻，在他四周，沒有人知道要這麼做。

這個既明顯易見又無人看見的秘密字眼，是個名字。是那位美麗年輕女子的名字——他很篤定。

等一來到她身邊，他就將用這個名字呼喚她。要是她回過頭來，要是基於造化的奇異安排，她真的回過頭來，那麼他就會瞬間對一切心中有數了，他就會知道他終於找到她了。

他來到她身邊。

「伊莎貝……」

再一次。

「伊莎貝。」

她回過頭來。

大廳裡，頓時安靜了下來。沒有人發出笑聲了。樂隊不再奏樂。頃刻間，所有人的目光都轉向他們。

「你怎麼會知道我的名字？」

「只可能是這個名字了。」他直截了當說。然後也不多做解釋，就說：「伊莎貝，願意跳舞嗎？」

「但樂隊不奏樂了。」

她才剛說完這句話，樂師們又開始奏樂。

當時地點是巴黎，日期是一九〇〇年五月二十六日，時間是晚上十一點二十一分四十秒。此刻，距離此地一萬公里外，有個名叫馬丁的男子，在克里夫蘭的煉鋼廠裡遭一條厚重的鋼筋壓死。也在一年前的此時此刻，有個不知名的女子，在巴黎聖母院的主祭壇上產下一個孩子。距離這個時間點的整整八個小時後，將發生一場人類永遠忘不了的重大事件──耶路撒冷的最後日蝕。

然而就在此刻，樂隊奏起了一段無名的旋律。沒有誰認得這種音樂，因為要等到多年以後，它才會流傳到歐洲。大多賓客都曾聽說過這種音樂──它當初發源自布拉他河，後來傳到布宜諾斯艾利斯的社會底層，那裡是白人和黑人雜處的地帶，才會孕育出這種像禁忌祈禱這麼撩人，又像焚身慾火這麼可憎的舞蹈。

樂隊奏起了一支探戈。

伊莎貝端詳了一會兒古茲曼所直直伸出的那隻手。這旋律並未讓身為西班牙人的她感到不知所措。它反而還以某種方式，勾起了她對於故土的回憶——燦爛的陽光、佛朗明哥舞、炎熱的仲夏夜。大概是因為這樣，她接受了共舞的邀請。

雖然古茲曼比她矮了一個頭，長相又十分醜陋，他領舞卻領得有聲有色。事實上，關鍵在於並不需要遵從特定舞步。這是一種很自由的舞蹈，和一般常見舞蹈的差別在於，兩人的身體幾乎不互相碰觸。然而，跳起來卻是無比性感。那音樂，搭配上激情的眼神，很容易讓人產生遐想。

樂隊是以傳統樂器演奏這支探戈——才不可能有人敢把班多鈕手風琴帶到大使館的盛大舞會上！聽起來有可能像是奇怪的華爾滋：節奏並不是來自旋律本身，而是來自一連串在更深層流動的神秘節拍。

要是有人敢批評這音樂，無異是在攻訐大使館的聲譽。但大家都從中嗅到了情色罪孽的氣息。

伊莎貝在古茲曼的懷中，似乎終於開心了起來。因為他掌握住了別人根本想都沒想到的事。亦即身為大使的女兒——離鄉背井、遠離熟悉的環境，被迫壓抑自己雙十年華的各種奇思幻想，以遵守外交圈的種種既有規範——她一心只渴望做一件事：打破成規。

這個奇特卻耐人尋味的陌生人，不但渾身菸草味，又出其不意說出了她的名字，和他一起藉由這些音符翩翩起舞，正好給了她一個機會逃離這個硬邦邦的制式世界，同時又仍留在自己現在所在的位置。

「告訴我你叫什麼名字吧，還是我也得猜一猜？」

「古茲曼。」他憨笑回答。

37

俘虜把剩餘的菸捻熄。

「不用說也知道，這樁醜聞在接下來幾天引發社會一片譁然。起初只是一陣風聲、一段普通的茶餘八卦，後來很快就成了激辯的熱門話題——『竟然跳探戈，太離譜了吧！』一些衛道人士、善良風俗的維護者，甚至有位部長也這麼忿忿不平地說。當時的巴黎是一座自由的城市，甚至是自由風氣的代表。但前提是這種事只能留在歌舞酒館、私人俱樂部，或藝術家們的另類圈子裡。要是有人膽敢在正式場合這樣挑釁，那無異是在下戰帖。」

「結果發生了什麼事？」雅各．胡曼憂心忡忡問。

「什麼事也沒發生。」

他似乎很不解。「怎麼會什麼事也沒發生？」

「這次演出後，演奏了那支探戈的樂隊就解散了。後來有些人說，曾在巴黎一家專供客人吞雲吐霧的夜店，看過其中好幾位成員上台演出。」

「這代表他們是冒充演奏正經音樂的樂師，才獲聘在盛大舞會的晚宴上演出。」

「對，但這隱情不曾得到證實。」義大利俘虜直接說。

雅各．胡曼露出心照不宣的笑容。有個問題他非問不可。

「古茲曼是如何猜出了那年輕女孩的名字？」

「這個嘛，沒有人知道。古茲曼從來沒講過這件事。我猜他並不想揭曉這招魔術的訣竅。那樣故事聽起來就不精采了。」

「這場晚會後，他順利贏得了美人的芳心嗎？」

「伊莎貝和他立刻就過著幸福美滿的日子。」俘虜沒吊他胃口，馬上就坦言。「他們很恩愛，但從來沒向對方告白。他們不用說出口，就已經了然於心，就這麼簡單。她跟隨他遠赴各地，探尋各種不可思議的山岳。在高山上，他觀察凝望她，同時也觀察凝望其餘的一切。而且他覺得這個『同時也』十分合理。」

「他都沒向她求婚嗎？當然沒有。」雅各．胡曼自問自答。「以古茲曼的外貌，他不能指望什麼都能得到。」

「你又怎會這麼篤定？在吉力馬札羅山上，古茲曼送了她一個小珠寶盒。」

「裡面裝了一只戒指？」

「比戒指更好……是一支菸斗。」

「菸斗？」

「他告訴她，這是一支定情菸斗。」

「你在唬我吧？」雅各．胡曼感到不可置信。

「一點也沒有。他告訴她：這菸草給妳，妳把它點燃，直到妳把自己的呼吸和它交換……」

「直到妳把自己的呼吸和它交換。」雅各．胡曼著迷地輕聲複述。

兩人都笑了。

忽然，雅各．胡曼又變得嚴肅，彷彿感知到了什麼事——彷彿某個風和日麗的春日，即將有風雨到來。

「事情沒這麼簡單。還有別的事，對不對？」

俘虜深深吸了一口氣，彷彿在印證這件事。

「雖然已經互許終身，古茲曼和伊莎貝卻從來不曾成婚。」

「為什麼呢？」

「你還記得那三個問題嗎？還記得這個故事一開始的那三個問題嗎？說得出來嗎？」

「古茲曼是誰？你是誰？在鐵達尼號上抽菸的那個男子又是誰？」雅各．胡曼用心地一一說出。

「現在我們能答出第一個問題了，你不覺得嗎？……古茲曼是提味的煙霧，替這些故事提味、替諸多高山中那座等著被命名的山岳提味、替一位葡萄牙船長打算在臨終前點燃的銀雪茄提味，也替伊莎貝提味。」俘虜的聲音越來越低沉，簡直猶如呢喃。「可是在鐵達尼號上抽菸的那個男子是誰？他和我、和古茲曼，以及和伊莎貝，又有什麼關聯呢？」

38

關於世間流傳的鐵達尼號最後時刻的那麼多故事中，有一則故事講的是有個男子，面臨風雲變色之際，他不像其他人那樣設法逃命，而是下樓回到自己的頭等艙，穿上一襲黑西裝，隨即又回到甲板上，面不改色開始抽菸。

這個男子顯然是獨自旅行。他究竟是什麼人呢？

船難發生後，這則故事流傳了一段時日。起初，聽起來就像是一般人很愛聽且不勝枚舉的鐵達尼號鬼故事。無從得知這位主角是否確有其人，或只是一則傳說而已。

某天——也不知道是為什麼，或在什麼樣的機緣下——有人起了疑問。在重新比對資訊和走訪那一夜的一些生還者後，有個名字浮現了：奧圖．佛厄斯坦。

他是位布料商，這一趟是為了做生意而出差。

鐵達尼號的乘客名單上，確實有奧圖．佛厄斯坦這一號人物。大家最後一致同意，在甲板上抽菸的人就是他。

就這樣，又陸續浮現出一些新的細節。有人想起曾在吃晚餐時遇過他，或曾和他興致勃勃聊到當時的局勢相當有利於紡織品買賣。

頓時之間，原本的神秘人物奧圖．佛厄斯坦搖身一變，成了全船上最有人氣的人。大家忽然都變得與他相識。

然而，有人因為想深入挖掘這個故事，前往拜訪了他居住在德國德勒斯登市的家人，結果卻發現真相並非如原先所想像。這真相讓人既難以解釋，更難以接受。

事實上，奧圖．佛厄斯坦壓根沒登上鐵達尼號過。理由很簡單，出發日的兩天前，他因腹膜炎過世了。

那麼在鐵達尼號上獨自旅行，而且想必布料商身分也是謊報的那個男子，究竟是什麼人呢？

他後來下落如何？他真的死了嗎？我們已經知道，船難的那一夜，確實也是他最後一次現身的日子。之後就沒人有印象再遇到過他了——不論是在互相推擠的人群中或在水中，不論是正在大哭、禱告或求救。

都沒有任何人有印象。

39

雅各．胡曼的眼神中有疑惑。

「鐵達尼號的事情……就是發生在這一天的夜裡，對不對？整整四年前。就在我生日結束前的幾個小時發生的，我現在想起來了。」

俘虜點點頭。

「這個消息費了一點時間才傳開來，一直到三天後才傳到維也納。我已經忘記確切的日期，因為說到這起船難，我聯想到的是我從報紙上讀到噩耗的時候。」他定定凝視著義大利俘虜，然後問了一個他早已知道答案的問題。「這真是個奇特的巧合，你不覺得嗎？」

俘虜要他少安勿躁。「妄下定論之前，請先聽我把故事說完吧。」

「坦白說，我或許並不想知道結局……我很怕這故事的後半段並不動聽。我說得對不對？」

俘虜停頓了片刻。「能再給我一根菸嗎？」

雅各．胡曼覺得自己像被這個義大利人吃定了，他不喜歡這種感覺。他越來越覺得自己成了個別人精心策劃下隨意操弄的棋子。俘虜說這個故事，難道是為了卸下他的心防，把他玩弄於股掌之間嗎？他別無選擇，只能繼續隨波逐流，看看最後自己會流落何處。他開始用僅存的一些菸紙捲菸。

「我們就快要沒有菸草，天也快亮了，必須把握時間。」

「好的。」義大利俘虜說。「古茲曼和伊莎貝在一起八年了。我先前也說過，他們不曾結婚。她很願意嫁給他，可是他呀——由於看到了他父母的情形——不斷推託。為了愛，伊莎貝變得對抽菸很內行。古茲曼不斷為她配製出新的菸草組合。這些組合在味道上和樂趣上都完美兼備，對她來說，這樣就足夠了。」

雅各．胡曼了解到這是一種暴風雨前的寧靜，是為了稍微緩和接下來將發生的事。

「事情是什麼時候發生的？」

俘虜的臉色一沉。

「一九〇八年，他們倆回到彼此初相遇的那座城市時。」

40

那位義大利親王，名叫大衛德，但在巴黎，大家都叫他大衛。他是個收藏家。對大衛來說，別人是一種餘興消遣。他喜歡玩弄別人。偶爾，他會挑選一個新的人，然後開始玩弄。被選中的這個人毫無逃脫的可能，至少遊戲還沒玩完之前，不可能逃脫。

比方說，曾經有一段時間，他同時和兩名有夫之婦談戀愛，而且這兩名婦人都不知道對方的存在。由於厭倦了周旋於兩人之間和滿足她們的期望，他擬出了一套計畫，不但能把兩人都擺脫掉，也能娛樂他自己。他讓各自的丈夫以為其中一人的妻子是對方的情婦。這兩個男人便在巴黎北側郊區森林裡以手槍對決。雙方證人才剛談妥相關事宜，就赫然發現兩人的手槍不翼而飛。由於兩位對決者誰也不肯先罷休——免得被當成藉故開溜的懦夫——他們便徒手肉搏。當然，誰也沒能殺了誰。兩人打得筋疲力竭，最後雙雙決定罷手，並找自己的妻子報復，從此之後，兩位妻子都變得出奇忠貞。

大衛是佛羅倫斯一位貴族的獨子，這位貴族是老來得子。相傳他的父親為了後繼有人，弄大了一名女僕的肚子，也有一說是這名女僕刻意勾引老爺，並懷上身孕。大衛從未試圖澄清這些傳言。他反而還故意加油添醋且樂在其中。「我是一場爾虞我詐心計的結晶。」他常這麼形容自己。「又或者是一名女子對一個已然注定下地獄之老人勇敢表達善舉的結果。」

活在世上的這三十多年來，大衛可說是一事無成。他唯一在行的就是揮霍父親所留下的龐大遺產。有時候，他會到蒙馬特藝文區物色一些畫家、雕塑家、詩人或小說家來資助。他擁有極為出眾的敏銳度——只要在報紙上讀到一篇正面的評論，或在社交沙龍裡不止一次聽到某位貧困藝術家的名字，對他來說就已經足夠。一旦嗅到了某人有可能是奇才，他就會登門拜訪，以驚人的天價，提議要對方不再從事自身的創作。

「我是個藝文造福者呀！」他驕傲地表示。「我這樣是讓這個世界免受藝術騙術所苦。」

大衛可以放心仰賴自己狂野的帥氣，唯一能與它媲美的只有他與生俱來的魅力。他很懂得如何討女人歡心。其他男人並不會和他爭風吃醋，他們反而還爭相想和他交朋友。但大衛最大的本事在於，不論闖了什麼禍，都仍有辦法取得對方的原諒。

在巴黎，這位浮誇的義大利親王可說是無往不利。他是個貴族，但也是個革命分子——而眾所皆知，法國人尤其偏好革命分子。他那愛唱反調的性格，恰恰成了他成功的關鍵。不論在上流社會或在低下階層，他都能夠同樣高傲泰然地自處。只要有他在，凡事最後都無可避免會演變成全武行或醜聞。他的種種誇張行徑總會引發軒然大波。他還不甘於當個只流行一時的短暫風潮，不是富人有錢無處花的一時任性而已。有一次，為了驚世駭俗，他去歌劇院時，身旁故意帶了個一身傳統服飾的吉普賽美女。

大衛有著濃濃的慾望。

他喜歡收藏別人。或收藏別人的某些部分。一些情感吧，這就是他想要的。他先激發出別人的情感，然後佔為己有。這麼一來，別人的憤怒成了他的憤怒。別人的喜好成了他的喜好。別人的驚愕成了他的力量來源。彷彿別人只是些物品東西，而不是有血有肉的人。

一九〇八年，大衛新發現了一個值得渴求的東西。

一個名為女人的東西。

是古茲曼此生所見過最美的一個女人。

41

大衛認識古茲曼很多年了。他們是在卡布里島初次相識，在一位共同朋友的別墅家裡，這位朋友是個對馬匹很熱衷的拿波里貴族。

某天晚上，晚餐過後，古茲曼提供精采餘興給在場賓客，說起一個地中海中央海底火山的故事，這座火山每隔一百年就會爆發，形成一座小島，在海面漂浮幾個月，然後又在劇烈地震的撼動下再度沉沒水中。

「從前，航海的人一看到這座島，還以為它是宗教上所說的煉獄。」古茲曼說話的同時，整個人籠罩在一團古巴「純」菸的雲霧中，讓他看起來很像個悲天憫人的神仙。

大衛立刻就對這個人十分有好感，他和四周其他人的差別在於，他並不會汲汲追尋別人的虛偽恭維。和樂待人對古茲曼本身而言就是一件愉快的事。基於這個理由，大衛決定把他視為自己唯一的朋友。

他們一起遊歷了世界上的一些角落，找尋充滿異國風情又不為人知的山岳；旅程中，大衛猶如一個門生弟子，暫時收斂自己的荒唐和浮誇性格，改而採納一種乖巧聽話又求知若渴的心態。

後來，有很長一段時間，他們各自分道揚鑣。不過，一九〇八年，古茲曼和伊莎貝一同回到巴黎時，大衛已經在這裡待了幾個月，而且變得臭名在外。

他們相約一起敘敘美好的舊時光。

大衛已耳聞好友覓得了真愛，也聽別人說過西班牙大使館盛大舞會的事，那已經是八年前的事了。不過，他至今還沒見過伊莎貝。

古茲曼向他介紹她時，他當場愣得說不出話來。他了解到，要是再不說話，他一定會被當成笨蛋。他從來不曾這樣亂了方寸。通常，都是他讓別人心慌意亂。

伊莎貝性格剛烈叛逆，是個很有骨氣的女子，絕不是百依百順，而正因如此，必須時時博取她的注意。

她不但美麗動人，還蘭心蕙質。她很會說笑，而且反應很快。她充滿好奇心又不可預料，從來不會輕易氣餒。每當她嫣然一笑，感覺就像雨天忽然出了太陽。其他女人猶豫再三而裹足不前時，她卻是勇往直前——因此她可以大剌剌脫掉鞋子爬上她瞥見了杜鵑花的山岩、忽然決定開始畫畫，或在公眾場合抽菸。

這個女人呀，這個精靈般的尤物，這個天使……竟然和這個「玩意兒」在一起，大衛心想。這個手指發黃的男人，總是飄著重重的口臭，的確，他是個很好相處的人，能言善道，但實在好醜呀！

儘管他非常喜歡古茲曼，仍忍不住瞧不起他。事實上是，大衛內心不肯承認，但自己已經愛上了伊莎貝。

他不只一見到這對佳偶就覺得不公平，他所從來沒有過的一些感受，也因此遭到冒犯了。他對她的感受，使他無力招架。他如果不想被擊潰，似乎唯一的辦法就是對古茲曼懷恨在心——就像一頭猛獸受困牢籠，不甘心失去自由，因此不斷掙扎，但在心底也知道，這樣是白費力氣。

他開始頻繁和他們倆碰面。每回見到他們，總是三人同行——去歌劇院、去小酒館吃晚餐、去劇院看戲，或去博物館。大衛時時刻刻都想見到伊莎貝的倩影，但如果想見到她，就必須忍受看到她和古茲曼出雙入對。這樣實在很虐心。

過了一段時日，他了解到自己必須採取行動。再這樣下去，他難以承受。

他向她發送訊號。起初很不著痕跡——獻一點殷勤，用來試試水溫。接著越來越明顯——買下她在畫廊注意到的一幅畫當成禮物送給她、深情款款凝視著她、不小心輕輕拂過她的手等等。

她沒注意到這些暗示，或假裝沒看見，但對大衛來說並不重要。因為他越堅持下去，就感到自己心意越堅決。伊莎貝並沒有讓他覺得他這樣的作為令她尷尬，這樣對他而言就已經是一種鼓勵。

但伊莎貝隨即會當著他的面，投入古茲曼的懷抱，眼神中滿滿愛意，彷彿熱戀中的少女。這時大衛就會覺得自己很多餘，並認為自己是自作多情了。

他的策略看來並未奏效。他發送訊息給她，盼望能在他們倆之間建立起一套只屬於彼此的暗號，但終究都屬枉然，隨風而逝了。必須另擬計畫才行。他必須找出她和古茲曼之間感情的弱點。他從來沒見過他們吵架，他們對凡事都意見一致。

然而，事情還是發生了。

當時是去瑞士阿爾卑斯山的一次登山旅行。他們遇上一場大風暴，於是躲進一處山屋避難，他們快樂地在屋內生火取暖、談笑、飲酒和抽菸。這是難得少有的平靜時光，讓大衛可以光是待在她身邊就心滿意足，還能和古茲曼愉快相處而不會感到忌妒，就像從前一樣。

小山屋的大門打開了，有四個人進來，是帶著兩個孩子的一對夫妻。他們歡樂的喊叫聲吸引他們的注意。對他和古茲曼來說，這個過程很短暫，他們很快就接著聊天。可是伊莎貝呢，目光卻在這一家人身上流連忘返。大衛看出了她眼神中的那一絲落寞。

這就是她想要，卻無法得到的。

這一刻，大衛很篤定知道自己找到了拆散他們倆的辦法。

42

他上門找他所資助別再從事自身創作的一位畫家——這個時候，大衛覺得自己竟然策劃了這樣的一套計謀，實在很愚蠢——並向對方下訂一幅肖像。

他給了對方一些很明確的指示。他想要一個孩子的臉龐——很稚嫩，眼神很天真清澈。而且這個孩子必須要和伊莎貝長得很像。

「不能太誇張。那相似度點到即可，要唯有身為母親才看得出來。像是一種血濃於水的呼喚。」

畫作完成後，大衛把它帶去送給古茲曼。他們一起在客廳裡觀賞這幅畫作，這時剛好伊莎貝端著茶進來。

這過程持續了幾秒。她看到畫作後，凝視了孩子的雙眼許久，什麼話也沒說。

大衛很滿意：他們母子相認了。

古茲曼並未察覺到他愛侶的神情有異。伊莎貝放下托盤後，一句話也沒說就退居一旁，古茲曼並未把這件事放在心上，大衛卻認為這樣是一種倉促離去。

傍晚，他告辭時，內心十分欣喜。他已然在他們倆之間埋下了芥蒂。他加深了伊莎貝的恐懼——恐懼今生無法成為人母。從此刻起，那孩童的肖像將時時折磨她，她卻無法割捨——這一點，他非常確定——就像人不可能拋下自己的子女一樣。

接下來幾天，他發現她很不安。她的笑容變得勉強，顯得若有所思。

大衛對她百般貼心關懷。他想要陪在她身邊，也想要讓她感受到一件事，就是他知道她最近這段日子過得很辛苦。伊莎貝需要外人的關心，因為她傷心的理由，恰恰和她與古茲曼的感情息息相關。古茲曼對這件事渾然不覺，他太單純了，要不就是對女人太不了解了。反觀大衛呢，他對這情況非常了解：伊莎貝暗中讓他走進了她的某部分心扉。打開這道心扉的鑰匙，是個不論男人或女人，人人都在使用的理由：這樣其實無傷大雅。

要是我能讓她相信，接受別人的照顧，既不是一種罪惡，也不是一種過錯，那麼就大功告成了，大衛不斷這麼告訴自己。

他知道這只是時間的問題了。他知道，自己這股瘋狂的慾望，遲早會從內部蠶食掉伊莎貝和古茲曼的感情，就像一窩白蟻一樣。

不過，結果並不是靠時間的推波助瀾。並不是伊莎貝又有了什麼需求，也不是大衛又給予了什麼關懷，才讓情況從此翻盤。

是古茲曼自己下手——以完全出人意料的方式。

43

某些早晨，濃霧把一切都遮住了。霧氣一出現，什麼都不見了，一切都無影無蹤，都不存在了。一切的一切。

凡事都蒙上一團霧氣。在霧氣裡，生命稍作歇息。

古茲曼決定離去的那一天，四周都被一團白色的簾幔所籠罩。他事前未曾告知，也沒帶著伊莎貝一起走。這是他們相遇以來，首度彼此分離超過數個小時。

這天早上，濃霧瀰漫，而且下著幾乎看不見的細小毛毛雨。

古茲曼在伊莎貝的額頭印上輕輕一吻，藉由這個方式喚醒她。他牽起她的手，告訴她，他接下來這一星期將不在家。她對他微笑，輕撫他的臉龐，什麼也沒多問。但她注意到，他的眼神並不真誠。

她來到窗前，想向他再道別最後一次。直到他整個人被濃霧吞沒。

就這樣，這個抽菸的男人消失了——而他四周的世界卻盡是煙霧。

這片乳白色的簾幕硬是持續了整整一星期，一星期過去後，古茲曼並未依約定的那樣回來。

倒是捎來一封信箋。是給大衛的。信上只寫了一個字。僅僅一個字而已。

這件事，大衛對伊莎貝隻字未提。但隔天早上，她望向窗外。霧氣退散了。

於是她就此明白，古茲曼再也不會回來了。

44

「古茲曼和他父親一樣，」雅各．胡曼說，「拋棄了自己所愛的女人。」

「但和古茲曼母親的差別在於，伊莎貝並沒有跨越整個歐洲去找尋自己的男人。」

「他們再也沒重逢？你是這個意思嗎？」

「再也沒有。」俘虜證實說。

對雅各．胡曼來說，這樣的命運未免太令人不勝唏噓了，彷彿是他自身的遭遇似的。接著他陷入沉思。的確，他也被自己的妻子拋棄。一直到不久前，能將他們分離的，都還只有這場戰爭，或他在前線陣亡的可能性而已。自從發現安妮雅另結新歡後，他的想法也轉變了。他變得不確定自己有朝一日會再和她說話了。在此之前，他從來沒有想過這件事。說到底，彼此又有什麼理由再相見呢？過去所發生的事，早已足以讓這段感情蓋棺論定了。最痛苦的事，不是自己遭人拋棄，而是以後再也見不到她了。

「我沒辦法接受世上有些事情竟然從此定形了。」雅各．胡曼坦言。「我沒辦法接受，就是沒辦法。我總希望事情還能有轉圜的餘地，還能有一點時間來彌補或做改變。」

俘虜把嘴上的菸抽完最後一口。

「就算以為故事已經告終，它們仍會在沒人知道的情況下，在暗中繼續發展。它們就像地下河流般蜿蜒著。然後，突然間，又在我們的生命中浮現。」

「難道古茲曼的故事就這麼結束了？」

「還有一小段可以講。」

雅各．胡曼看了看時間。

「好，但我們動作要快一點了。」

45

隻字未提。整整三年當中，對於古茲曼失蹤後所捎來的訊息，大衛對伊莎貝始終隻字未提。而這整整三年當中，伊莎貝也始終不曾問過他什麼。

於是大衛這個大收藏家，開始收藏伊莎貝。某天收藏一縷思緒，隔天收藏一段回憶。收藏她的雙手、她的笑顏。一次收藏一點點，不疾不徐。

某些時刻，他簡直覺得古茲曼正從遠方偷偷觀察他們。但他始終未能證實。

一九一一年十二月，伊莎貝決定動身前往美國。大衛試圖勸退她。「我想去展開新生活。」她這麼告訴他。他打算稍後再去和她會合，也許等到四月的時候吧。然後在這塊──遙遠的──新土地上，他將向她求婚。

出發前的那一夜，在一棟寂靜幽暗的偌大豪宅裡，伊莎貝在大衛面前裸裎相見。她先對他說了三次「好」，然後親吻了他──對於現在說「好」，對於未來說「好」，對於絕口不再提起過去說「好」。

接著她問了他一個問題。

大衛了解到，關於伊莎貝，只有一件事是他永遠無法得到的。不是她的愛，這他現在已經得到了。而是她的痛。而且就算彼此分隔兩地四個月也仍將不夠。

他一聽到了這個——很普通、很正常的——問題後，就明白了這一點。

「大衛，那封信箋裡寫了什麼？」

「一個名字。」

「什麼名字？」

「就是古茲曼打算替那座無名山岳取的名字，如果它哪天真的被他找到了的話。」

「是什麼名字？」

46

「是伊莎貝。」雅各．胡曼說。

俘虜點點頭。

「這整件事的特殊之處在於，對古茲曼而言，找到一座有待命名的山岳並不難，難就難在如何替它取一個最適當的名字。」

「伊莎貝已經動身前往美國？」

「她於一九一一年十二月三十一日從法國勒哈佛港上了船。」

「而四個月後，大衛登上了鐵達尼號準備去和她會合，對不對？」

「是的。」俘虜以嚴肅的語氣說。

他們沉默了片刻，因為他們此刻腦海裡的思緒無須贅言了。

「你從一開始就通通策劃好了。」雅各．胡曼終於開口。「昨天是四月十四日，今天是十五日，是鐵達尼號船難屆滿四周年之夜。你之所以講這個故事給我聽，完全是因為聽到我說昨天是我的生日。不然，就算是遇到了我，你也仍會守口如瓶。」

「我覺得這個巧合太吸引人了呀。你不覺得嗎？」

「你是挑選了孚莫山這個地方，特意來尋求一死……這下都說得通了，就像個無懈可擊的完美故事。」

「但這世上並不存在什麼無懈可擊的完美故事，而且通常，在戰亂時期，人也沒得選擇。」俘虜淡定地說，並把臉向前傾，好讓雅各·胡曼能清楚直視他的雙眼。「我收藏過的生命，多到超乎你能想像。而現在，以刻意選擇來到這個死亡無所不在之地的方式來斷送自己的生命，實在是一種我捨不得錯過的諷刺。」

「你早已決定要讓自己被槍決。」雅各·胡曼失望又不耐煩地說。「那麼何必還講這個故事給我聽？」

「我是這世上最後一個古希臘吟唱詩人了！」他把一根手指指向天際苦笑說。

「可是你還是沒告訴我，你當初是怎麼認識了古茲曼……」他讓話音懸在半空中。

俘虜嘴角泛起微笑，凝視了雅各·胡曼一會兒，隨即把手伸進口袋裡。

「我們需要一個能慢慢抽的東西。」他掏出一根自己所珍藏的雪茄。「不是，這不是哈畢斯的雪茄，它並沒有銀箔紙外包裝，」他語氣輕鬆地表示。「但也足以媲美了。」

他把它對摺成兩半，把其中一半遞給雅各·胡曼。面對這個禮物，雅各·胡曼遲疑了。

俘虜的神情很認真。「醫師，我在這世上就只剩你這麼一位朋友了。請別這樣對我，拜託。」

雅各．胡曼收下了雪茄。俘虜以一連串確實、優雅又詩意的動作，準備開始抽菸。他先潤了潤嘴唇，把手指貼合雪茄。接著他把最後一根火柴朝山壁劃了一下，用手護住火柴，湊到雪茄來。他心滿意足地吸納菸草那一頭的小小火星，然後把雪茄遞給雅各．胡曼。

「在不可考的遠古時代，為了表達情誼，男人會輪流共享火苗。」

雅各．胡曼從善如流，也跟著做了那些相同的享受動作。此刻戰場顯得很遙遠。這兩個男人原本該是敵人，卻儼然成了一見如故的莫逆之交。

「你到底想要我怎麼樣？我知道你打從一開始，心裡就有一套盤算……」

他們終於來到了問題的癥結點。有人擬了一套計畫，而這下，雅各．胡曼被召來加入這套計畫。

「你願意成為這個故事的新主角嗎？」義大利俘虜問，一面從外套的內袋掏出一個東西交給他。

是一封信。

「是要給伊莎貝？」

「你一定會交到她手上，對不對？不然這幾個月以來的煉獄生活、我這一輩子，甚至是我的死，就都沒有意義了。」

雅各．胡曼把信封接過來，檢視了一番。紙面已泛黃，是很久以前就寫好了的。

「要是我能大難不死，一定會親自去一趟美國，而且會找到伊莎貝。我向你保證。」

「我在信中並未署名，所以如果你想拆信探聽我的名字，就大可不必了。」

「原來你說話不算話，你並不打算告訴我你叫什麼名字……」

俘虜微笑了。「醫師，你已經知道我的名字了。」

有人拉開了山洞的簾幔。他們是要來帶走俘虜。中士看了看雅各・胡曼，想要知道審問的結果。雅各・胡曼朝他搖了搖頭。

「菸草都沒有了。」義大利俘虜起身說。「是該走了。」

雅各・胡曼翻找著夾在他那本黑色封面行事曆小札裡的紙花。他用一只迴紋針，把那張蘭花紙花別在俘虜的外套上。

「充當徽章。」他說。

義大利俘虜向他伸手握手。他們互視彼此雙眼。他們只共同相處了一夜，感覺卻像共同走過了一生。

「永別了，醫師。」

「永別了，大衛。」

47

一九三七年五月六日，全紐約的人都在仰望天際。這天是星期四，大家在期待赫赫有名飛船的到來，它預定下午抵達。

雅各．胡曼是唯一低頭看的人，他正看著手中那張寫著地址的小紙條。興登堡號飛船已於七十二小時前自法蘭克福起飛，但對他來說，搭船橫渡的旅程，前後共費時一星期。他來到紐約市區已經五天了。

他請計程車司機讓他提早兩個路口下車，剩餘的路程，他想要徒步行走。他已經有足足二十一年的時間可以思考這件事，但現在他仍想再釐清一下思緒。現在才早上八點半，但已經相當熱了。他脫掉外套和帽子，撥了撥自己花白的金髮，踏上麥迪遜大道。

一段漫長的旅程即將接近尾聲，這也是一段時空上的旅程。他到底是受到什麼原因所驅使呢？其實，他也不知道戰俘大衛講給他聽——而且大衛聲稱主角是古茲曼——的那個故事，到底是真還是假。說不定這世上從來就沒有李夫人、達戴梅爾、哈畢斯、愛娃．莫娜，或甚至古茲曼這些人物，而雅各．胡曼也不可能一一去印證了。中國那些會唱歌的山岳、馬賽的香皂雨，或在西班牙大使館由一支後來就消失得無影無蹤的樂隊所演奏的禁忌探戈舞曲，也是相同的情形。

以他的了解，這整件事也有可能是一位知名義大利親王為了娛樂自己，而自導自演的一齣荒謬整人戲碼。而他則成了無知又愚蠢的最後一位受害者。

這麼多年來，僅有一件事是他能確定的。

奧圖．佛厄斯坦確實真有其人。他的名字確實列在鐵達尼號的旅客名單上，不過他從來不曾登船，因為出發的前兩天，他因為致命腹膜炎而離世了。另外就是，眾人後來都繪聲繪影說，沉船之際在甲板上抽菸的男子就是他。

雅各．胡曼在麥迪遜大道的人行道中央停下腳步，擦一擦眉間的汗水。我就快到了，他心想。

他才一抵達紐約，就透過接線員的查詢，撥打了那個電話號碼。接起電話的是一名女傭。他沒向對方告知自己的名字，只說：「我是古茲曼的朋友。」女傭答應一定會把這個訊息轉告給家中的主人夫婦。雅各．胡曼原本希望能和當事人直接通話，但他只好先留下自己的聯絡方式，也就是他在布魯克林下榻的小旅館地址電話。

他在房間裡等了足足五天，她才回電話，期間他足不出戶，都靠抽菸打發時間。他原本已經打算放棄，想打道返回維也納家中了。但這天早上，剛過七點不久，旅館老闆來敲門，告知有人打電話給他。

雅各．胡曼立刻衝去接電話。二十一年來，他想像過這個女子的面容，卻從來沒想像過她的聲音。

「是胡曼醫師嗎？」

「是的，女士。」

「我是伊莎貝．史考特．菲利浦。」

她以冠著夫姓的姓名自我介紹。接著她問了一個奇怪的問題，他不太明白為什麼她會這麼問。

「你確定真的想和我碰面嗎？」

雅各．胡曼原本以為她才該是會有所遲疑的人。他一時摸不著頭緒，只簡短回答了「確定」。

「那麼這是我的住址。我們相約一個鐘頭後碰面吧。」伊莎貝說，然後掛掉了電話。

在曼哈頓這棟豪宅前的人行道上，他試著回想她當時電話中的語氣。她是不耐煩還是傷心難過呢？他覺得她似乎顯得冷淡。的確，她問了他是否確定要和他碰面，被她這麼一問，他自己心裡也動搖了。然而，都一路走了這麼遠，不能現在掉頭走人。

再說，他已經答應過別人了。可是，就像他妻子說過的，有時承諾反而使人心頭沉重。

48

這棟房子的主人生活很富裕。雅各．胡曼站在大門口，手裡緊握著帽子，環顧四周環境——室內的裝潢很講究，地板鋪的是淺色大理石，放眼可以見到不少銀器，牆上掛有畫作。一位管家帶他來到一間以綠色為基調的客廳。他請他在沙發稍坐，隨即先行告退。

雅各．胡曼在牆上掛鐘滴答聲的陪伴下，等候了幾分鐘。接著客廳的門再度打開，他也站了起來。一名女子現身了。她留著一頭短髮，相當時尚，帶有些許白色髮絲，彷彿她並沒有染髮的習慣。她的身材窈窕修長，皮膚是琥珀色。在雅各．胡曼的想像中，她的年齡不是五十七歲，因為在此刻之前，她仍是個妙齡女子，就和故事裡所聽到的一樣。她的眼眸令他很震撼：非常黑，仍流露著青春氣息，那形狀呢，他或許會用「阿拉伯風味」來形容。她目光落在他身上，並伸手向他握手。

「抱歉讓你等了這麼久我才回電話。」伊莎貝．史考特．菲利浦道歉說。

「請千萬別這麼說。我才是遲到了二十一年。」雅各．胡曼說。

「我想，要找到我，並不是件容易的事。」

「這不是唯一的原因。我是個鄉下醫生，不是很有錢，出國一趟對我來說相當困難。」

他沒說為了這趟旅程，他辛辛苦苦存了十年的錢。「再說，最近這段日子，從奧地利出境很不容易。」

伊莎貝向他指了指長沙發，然後在他面前的單人沙發坐下來。

「我明白。」

「我知道我是不請自來，出現得很唐突，可能勾起了妳一些未必愉快的回憶。請相信我，我並不是故意要打擾妳和妳先生。」

「喬治這幾天不在家。他陪我們的么女去參加馬術競賽，她很熱衷騎馬。」

雅各．胡曼感到很欣慰：原來她有孩子了，她和古茲曼在一起時的心願實現了。

「是我先生鼓勵我和你單獨碰面。喬治是個好人。」

雅各．胡曼能夠理解。面對過去呀，從來就不是件容易的事。

「可能先容我自我介紹一下，然後再告訴妳我這一趟來的目的。」

「好的。」伊莎貝只這麼說。她已準備好要聆聽，但也並未顯得著急。

接下來的幾個小時，他一五一十描述了一九一六年四月十四日至十五日夜裡在孚莫山上所發生的事情，描述了大衛烙印在他記憶裡的那個故事。她全程不發一語，雙手放在腿上，表情沒有太大起伏，偶爾點點頭。她聽到了這個故事，內心有什麼想法，並不容易判讀，但雅各．胡曼發現，每次只要他一提到某位主角的名字，伊莎貝就會起一點變化。那變化幾乎不著痕跡，卻真實發生了。

他向她說明了大衛臨終前的情形。槍決的場地，正對著山頭那些永恆的冰霜。被帶到處決木樁前時，這名不肯透漏自己姓名和軍階的義大利軍官，簡直可說是很高興能再見到好友死神，他和祂在鐵達尼號上的那天夜裡，已經打過一次照面了。把槍枝上膛的空檔，大衛片刻之間恢復了自己那趾高氣揚親王的浮誇風格，他朝他大喊：「醫師，把以下這內容寫進你的行事曆吧。就寫在四月十五號那一頁的最開頭。因為今天的第一個死者，將送給你一句最絕美的詩詞開場白……六點二十四分。無名士兵：『或許直到永遠。』」

故事說完後，雅各・胡曼從口袋拿出那俘虜所寫的信。伊莎貝並未伸手拿信，因此他把信放在兩人之間的茶几上。

她凝視著這個信封。

「胡曼醫師，你為什麼要大老遠跑來這裡？請別告訴我你只是為了把這封信交給我。」

「妳今天早上在電話裡，問我是否真的想和妳碰面，是不是就是這個意思呢？」

「有些人想要探究事情的真相，而有些人只喜歡想像真相。胡曼醫師，你屬於哪一種人呢？你來到這裡，是想討一個答案，對不對？」伊莎貝凝視著他，彷彿能夠看穿他的心思。「你想要知道，這個在你心裡反芻了二十一年，且一路引領你來到這裡的故事，到底是不是真的。」她用頭指向這封信。「答案有可能就在這個信封裡，你竟然拆也沒拆來看，看看它是否值得你這麼大費周章不遠千里拿來交給我？我實在難以置信……」

雅各．胡曼沉默不語。

「比方說，你可曾仔細想過，西班牙大使館的盛大舞會上，真的就像他告訴你的那樣嗎？你知道古茲曼是如何脫穎而出，搶先得知我的名字嗎？」

「大衛說，這部分連他自己也不清楚，他說這是個難得古茲曼無論如何都不肯透漏的秘密。」

「這純粹是因為，古茲曼自己認為，故事的這一段不夠動人，不足為外人道……他買通了一個家僕偷偷打探我。我的名字是古茲曼用錢買來的，這就是謎團的關鍵。」她語氣中懷有一絲憤怒。「他之所以不斷說他想要用這個名字替一座山岳命名，只是為了淡化這乏善可陳的感覺。」然後她哀傷地嘆了一口氣。「無論如何，古茲曼對我用情至深，不是任何其他人所能比擬。他就是我的風。」

他是最完美的相輔相成，雅各．胡曼心想。像他自己就不曾是任何女人的風，他對此感到遺憾。

「古茲曼和大衛呀，兩人都拋棄了我。」伊莎貝搖頭苦笑。「他們兩人都拋棄了我，我卻從來不知道原因。」

雅各．胡曼表示自己有話想說。「不見得一定要知道原因。我太太為了另一個男人而離開了我，然而我知道她曾經愛過我。」他停頓了一下。「我並不認為痛苦是一種抵押品，也不認為被傷害過的人就有權力以牙還牙。」

「我猜想，到現在仍令你覺得受傷的，是她從來沒請求過你原諒她。」

「不，不是這樣的。」雅各．胡曼搖了搖頭。「是她從來沒跟我道別過。」

伊莎貝站了起來，走到他身旁坐下，握住他的手。

「很遺憾。」

「何必呢？」雅各．胡曼微笑說。「妳剛才自己也說了：有些人想要探究事情的真相，而有些人只喜歡想像真相。以我來說，真相就是天下無不散的筵席，縱使是感情也一樣。人不宜對已逝的戀情流連不捨。」然後他轉頭望著伊莎貝。「然而，我會很希望自己也能像妳一樣收到這麼一封信。」

她內疚地低頭看那封信。

雅各．胡曼放開她的手，起身準備告辭。

「我很高興能有機會和妳碰面。說到底，我能從大戰中活下來，完全是為了有朝一日能夠來到這裡。」他舉手投足散發著感激和溫柔之意。「但現在，我該回去了。」

「你怎不乾脆留下來呢？美國是個很友善的國家。」

雅各．胡曼明白她話中的意思，但他的猶太老靈魂心中早已有了答案。

「在歐洲，很快就將再度爆發大戰。恨意就像蒸氣，壓抑不得，它遲早會爆發，就算有些人堅信它只是水也一樣。但我的崗位是陪伴我村裡的那些病人——那些膝蓋破皮的孩子、懷有身孕的婦女，和飽受風濕所苦的老人家。我發現了一種能治療他們的新方法，而這種方法只有我會，這就是問題所在。」

「是什麼樣的方法？」

「我會講愛娃·莫娜的冒險故事給他們聽。很有效喔，屢試不爽……難道妳還不明白嗎？我是這世上最後一個古希臘吟唱詩人了！」他把一根手指指向天際苦笑說。

因為他並不想把實話說出口。就是還有一項任務在等待他完成：紙花女子還在等待他的故事。要是他不回去，不回到大西洋的彼岸，他就沒辦法找到安妮雅，並把這個故事說給她聽。

伊莎貝顯得很驚訝。「經過了這麼多年，你又費了這長的時間才把信交到我手上，難道你不想知道這封信的內容嗎？」

「這個真相並不是給我的。」雅各·胡曼平靜地說。「但我喜歡想像它。」

親愛的伊莎貝，伊莎貝親愛的，

這封信到了妳的手中，因為我已不在人世。但死亡僅僅歷時一日，而且已是過去。而這隻字片語是我在世間僅留下的東西。

一定會有人說，我這樣是刻意力挽毫無聲譽可言的一生，但事實並非如此。我來到這裡，是為求一死。因為對於曾當面直視死亡的人來說——就像我，曾在汪洋中直視它——都會忍不住視死如歸。很奇怪：一方面，人會因為逃過死劫而如釋重負，另一方面，又想親近它。不曾親身體驗過的人，是無法理解的。

但應該要告訴妳才對，應該要讓妳知道那個妳想都沒想過的真相。我本該要跟妳講這件事，但我沒能開口，也不願開口。我提不起勇氣。

古茲曼當時來日不多了。

他沒辦法親口告訴妳。他說不出口。「凡事都只做一回。僅此一回。」妳還記得嗎？他原本應該每天都跟妳辭別一次。但他選擇了只說那唯一的一次。

短箋上只有一個字。一個名字。是刻意選擇的……是他刻意選擇的，妳明白嗎？因為古茲曼從來沒有替任何山岳取過名字。

對他來說，這世上只有一個名字。就是妳的名字。

然而，仍少了點什麼。妳不覺得嗎？我的意思是：還有什麼事比死亡更斬釘截鐵呢？可是，仍欠缺了一個小細節。這個細節將帶來救贖，將讓我們通通得救。欠缺了一個動作。只是件小事，卻舉足輕重。就像抽菸這件事。

以下就是真相。終於。但願某人能原諒我。但在這之前，還有最後一件事。

我曾經再見到古茲曼。

是的，一九一二年四月某個滿天星星的夜裡，我又見到了他。命運讓我們在一艘船名狂妄的鋼鐵大船上重逢，這是這艘船的處女航行，準備從英國前往美國，但它至終未能抵達目的地。

說不定古茲曼早已預料到這一幕。

我偶然發現他也在船上時，還以為他是得知了妳的住處，而想要去找妳。可是我一見到了他——一見到了他當時的模樣——就知道事情不是那樣的。

他來日不多了。而他自己也心知肚明。

於是我很不解為什麼他竟然會跑來海上尋死，這裡明明離他的那些高山那麼遙遠。

風雲變色時，我得到了答案。

我看到有個男人在甲板上——他優雅、淡定，且無憂無慮。他正在抽菸。

夾在他手指間的正是哈畢斯的雪茄，他眺望著自己前方很遙遠的某個東西。他端詳著這個東西，彷彿他已經等待且尋覓了它許久。

我想像著古茲曼的靈魂就化身在這最後一縷煙霧裡，想像著他順隨著這縷煙霧裊裊升空，然後從上往下望著它，且認得它。

這個男人背對著眾人，手插在口袋裡——毫無恐懼，毫無牽掛，終於心滿意足了。只有一根銀色雪茄有待細細品味。和一座冰山有待命名。

作者後記

我首度聽到奧圖．佛厄斯坦的故事時，心想這實在是推理小說的絕佳題材。我錯了。因為它其實屬於「黑色驚悚」。

無須贅言的是，鐵達尼號失事一百多年後，在甲板上抽菸那個神秘男子的身分，至今仍然是個未解之謎。

我試圖透過這個故事，為這個謎團提供一個解答，但它在成為小說之前，曾歷經過好幾個版本。它曾是寫給舞台劇的一段音樂獨白，由維托．洛．雷（Vito Lo Re）譜上精采的配樂。它曾是一部電影的主題。曾是一段海上旅程的遊記。曾是一段愛情告白。

我在這本書所納入的其他故事，也都有真實根據。但除了邀請你進一步探索一九三七年五月六日在紐約發生了什麼事，或建議你不妨前往中國旅遊、聽一聽那些會唱歌的高山之外，我想謹守古茲曼的原則，就請恕我不透漏這些小故事究竟有哪些部分屬實吧。

我唯一願意告訴你的史實，是關於多羅米提山上的一場戰役，義大利人確實曾於一九一六年四月十二日至十六日間在此地與奧地利人交火並獲勝。因此孚莫山並非我所杜撰而是在這幾天當中，確實曾有戰事上演。我之所以會知道這個事件竟和鐵達尼號的事故日期有著不可思議的巧合，都要感謝歷史學家喬凡尼．盧奇（Giovanni Liuzzi）——他也是我高中恩師。不過，要是有其他任何不盡確實的地方，都是我這個學生的過錯。

為了述說這個發生於第一次世界大戰的橋段，我不得不閱覽了一些大戰倖存者和生還者的史實紀錄和回憶錄。這些歷史記載，閱讀起來不見得都很愉快，譬如曾有義大利軍官為了逼迫自己麾下的人馬進攻和捐軀，便隨機朝某些士兵的腦袋開槍。大戰留下了許多文物紀念並歌頌英雄，但也不該忘記曾經有很多人，趁著戰亂不為人知的時候，以祖國之名和為了祖國，運用過一些泯滅人性的惡劣手段。

我發現，在這個健康至上的年代，撰寫一個描述抽菸之道的故事，使我遭受了不少非議。因此我要再三鄭重聲明，抽菸是件非常不好的事情，而且本人很久以前就已不再以尼古丁荼毒自己。然而，我要捍衛自己說故事的權利，哪怕這些故事人物是固執的老菸槍，硬要跟自己過不去，既不在乎生死，也不在乎自己是否顯得政治正確。因為善良風俗維護者的健康之所以嚴重受創，往往是因為看不慣別人有多麼自由。

最後，按照慣例，我要感謝所有喜歡這個故事的人。而這次我也要特別感謝所有——如古茲曼之輩——將繼續傳誦這個故事的人。

多那托．卡瑞西

Storytella **129**

紙花女子

La donna dei fiori di carta

紙花女子/多那托.卡瑞西作 ; 梁若瑜譯. -- 初版. -- 臺北市 : 春天出版國際文化有限公司, 2022.03
面； 公分. -- (storytclla ; 130)
譯自 : La donna dei fiori di carta
ISBN 978-957-741-510-3(平裝)

877.57 111002948

ISBN 978-957-741-510-3
Printed in Taiwan

作 者 多那托・卡瑞西
譯 者 梁若瑜
總編輯 莊宜勳
主 編 鍾靈

出版者 春天出版國際文化有限公司
地 址 台北市大安區忠孝東路四段303號4樓之1
電 話 02-7733-4070
傳 眞 02-7733-4069
E－mail bookspring@bookspring.com.tw
網 址 http://www.bookspring.com.tw
部落格 http://blog.pixnet.net/bookspring
郵政帳號 19705538
戶 名 春天出版國際文化有限公司
法律顧問 蕭顯忠律師事務所
出版日期 二〇二二年三月初版

定 價 220元

總經銷 楨德圖書事業有限公司
地 址 新北市新店區中興路二段196號8樓
電 話 02-8919-3186
傳 眞 02-8914-5524
香港總代理 一代匯集
地 址 九龍旺角塘尾道64號 龍駒企業大廈10 B&D室
電 話 852-2783-8102
傳 眞 852-2396-0050